KB210605

천 원뿐이라도
재밌는 인생

NIHONJIN GA KANKOKU NI WATATTE K-POP IDOL NI NATTA HANASHI

©Takada Kenta 2024

First published in Japan in 2024 by KADOKAWA CORPORATION, Tokyo.

Korean translation rights arranged with KADOKAWA CORPORATION, Tokyo through BC Agency.

Korean Translation Copyright ©2017 by Bimilsincer

천 원뿐이라도
재밌는 인생

타카다 켄타 지음
강성욱 옮김

일본인이 한국에 와서
K-POP 아이돌이 된
이야기

🔊 비밀신서

차 례

● 본문에 나오는 한국과 일본의 환율은 당시 환율을 기준으로 산출했습니다.

아이돌

1. 우상 → 이돌라[idola]
2. 동경의 대상. 특히 인기 있는 젊은 탤런트

   −신무라 이즈루 편저, 《고지엔》 제7판(이와나미신서, 2008년)

아이돌이란 무엇인가?

사전이나 인터넷에서 찾아봐도 그 설명이 어딘가 와닿지 않는다. 아이돌은 아직 정의되지 않은 존재라고 말하는 사람도 있다. 현대 사회에서 아이돌이 직업의 하나라는 사실은 누구나 인식하고 있다. 말하자면 공통된 인식이 그 정도라는 것이다. 명확한 정의가 없으므로 꿈을 전하는 사람이라고 하는 건지도 모른다. 한마디로, 그 이상의 존재도 아니고 아무도 신경 쓸 만한 일도 아닌 듯하다.

그렇지 않다고 반론을 제기하는 사람도 있겠지만, 아이돌에 관한 논문을 살펴봐도 정의는 각양각색이고 편중된 경우가 많다. 그렇다고 해서 그런 내용을 요약해서 사전에 반영하려는 움직임도 아직은 없다. 앞부분에서 소개한 '아이돌'에 관한 사전적 정의에서도 "인기 있는 젊은 탤런트"라고 설명한다. 물론 시대의 흐름에 따라 말의 의미는 변화하고 그때마다 사전의 정의는 바뀌지만, 일본에서 아이돌이라고 불리는 이들 중에는 40대나 50대도 있다. 생각할수록 종잡을 수 없어서 더욱 매력적으로 느껴진다.

현재 일본에서는 제이팝[J-POP] 아이돌을 비롯해 케이팝[K-POP] 아이돌의 인기가 두드러지고, 세계에서 활약하는 아이돌의 매력 덕에 팬덤의 규모도 거대해졌다. 아이돌을 응원하는 데 그치지 않고 실제로 아이돌을 목표로 하는 사람들이 늘면서 댄스학원도 다양해졌고, 한국의 기획사를 소개하거나 한국 기획사와 공동으로 오디션을 개최하는 곳도 많아졌다. 다만 음악 산업과 젊은이의 꿈이 서로 바라는 대로 '아름다운 형태'로 수렴하기란 어려워서, 사회 경험이 부족한 젊은 세대가 사업가의 먹잇감이 되는 일이 많은 것도 현실이다.

그리고 SNS가 생활의 일부가 된 지금, 팬 비즈니스라는 관점에서 보아도 아이돌과 팬의 거리감에서 오는 문제나 아이돌의 정신적 문제도 심각해졌다. 이런 현실에서 사람들은 아이돌에게서 꿈을 찾고, 꿈을 주고 싶다고 생각할 뿐, 그 바탕에 깔린 눈에 보이지 않는 무언가를 명확하게 짚어내지는 않는다. 그래서 결국 비즈니스로 소비되는 시스템이 되었고, 그것이 곧 아이돌이라고 정의해도 될 만큼 견고해졌다.

그렇다면 왜 그렇게 됐을까? 이를 바꿀 수는 없을까? 내가 여기에서 말할 수 있는 성질의 것은 아니지만, 현재 생산자가 된 아이돌과 기획사, 소비자가 된 팬이 각자 '고민'을 시작할 필요가 있다는 점만큼은 말하고 싶다. 아이돌은 무엇인가? 그 정의의 애매함에서 오는 장점과 문제를 파악하고 생각해야 한다. 답을 찾지 못해도 노력하는 것만으로 지금과 다른 미래가 기다리고 있지 않을까?

사회적으로 무언가를 명확히 정의하는 게 무조건 옳다고는 생각하지 않지만, 혼란스러운 세상일수록 머릿속에 있는 어렴풋한 정의를 명확하게 할 필요가 있다. 아이돌이 되고 싶은 사람도, 아이돌 비즈니스를 하는 사람도, 또 그렇지 않은 사람이라도 '아이돌이란 무엇인가'에 대해 생각해보길 바란다

왜 이 이야기로 이 책을 시작하는지 끝까지 읽으면 알 수 있으리라 생각하지만, 나도 아이돌이라는 사실을 먼저 밝히고 싶다. 2017년에 한국에서 아이돌로 데뷔한 후, 지금은 전 소속사와 소송 중이고 빚이 있다. 이런 간단한 자기소개만 보아도 내가 왜 이 책을 썼는지 알 것이다. 글로

보면 부정적인 단어만 눈에 띌 것 같아 처음 보는 사람은 나에 대해 어떤 이미지를 가질지 다소 불안하다. 하지만 이상한 사람은 아니라는 건 약속한다.

그리고 또 한 가지 전하고 싶은 점이 있다. 그것은 이 책은 아이돌을 정의하려고 쓴 책이 아니라는 점이다. '아이돌이란 무엇인가'라고 이제껏 말해놓고 정의를 내리지 못하는 건 미안하지만, 이 책은 내가 아이돌의 팬으로서 경험한 일, 그리고 아이돌이 되어 경험한 일을 기초로 '아이돌'은 무엇인지, 그리고 나름대로 찾아낸 '나라는 존재'는 무엇인지에 대해 쓴 책이다. 따라서 아이돌이 되고 싶은 사람, 케이팝 세계에 흥미가 있는 사람은 참고하길 바라며, 자신의 가치와 삶의 방식을 고민하는 사람에게 조금이나마 도움이 된다면 진심으로 영광이다.

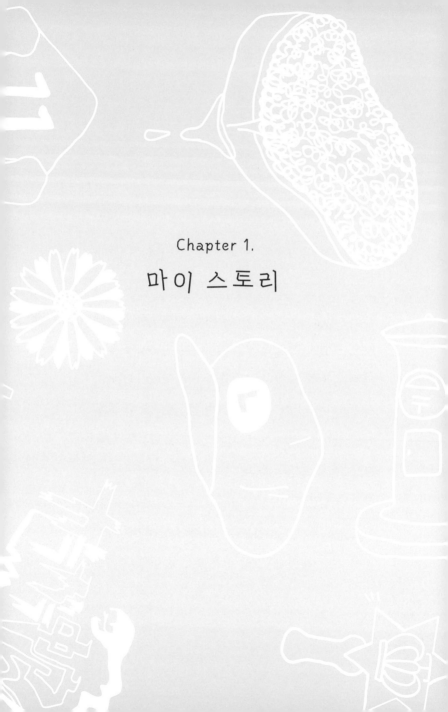

Chapter 1.

마이 스토리

스펀지 인간

한부모가정에서 자란 나는 어린 시절부터 친구네
가족 여행에 따라가거나 어머니의 친구에게 맡겨
지는 경우가 많았다. 긴 방학에는 할머니 집에서
지냈고, 아버지와 가끔 만나면 그 애인과 함께 놀
기도 했다. 나이는 어렸지만 그런 상황을 이해했
고, 도움을 받는 처지에 실수를 저지르지 않으려
항상 조심했다. 하지만 마음속으로는 어머니에게
어리광을 부리고 싶었고, 온 가족이 함께 여기저기
놀러 가고 싶었다. 그러나 가족이 아닌 누군가와

지내고 다른 가정의 신세를 지는 환경 탓에 어리광 부리는 법을 잊어버렸고, 내 의견을 내세우는 행동은 삼가야 한다고 스스로 타일렀다.

친구의 가족과 놀러 갔을 때, 친구는 부모님을 졸라서 과자를 샀다. 친구의 부모님은 당연히 나에게도 과자를 사주셨는데, 나는 값싼 과자를 골랐다. 아버지와 오랜만에 만났을 때는 아버지 애인과 셋이 유원지에 가거나 드라이브를 하곤 했다. 두 사람은 내가 있기 때문인지 손도 잡지 않았고, 아버지의 애인도 나에게 맞춰주려 노력하는 걸 느꼈다. 그럼에도 아버지와 단둘이 만나고 싶다고 말하는 건 엄두도 나지 않았다.

그런 유소년기를 보내며 학교에서도 주위를 살폈고, 내 의견을 말하지 않았다. 뭐든 그저 웃으며 넘어갔고, 내가 익살을 부리면 모두가 웃어주었다. 그걸로 충분했다. 그렇게 나는 늘 주변 분위기를 잘 읽고 다른 사람의 안색을 살피는 소년이 되었다.

중고생이 돼서도 그렇게 지내다 보니 언제부터인지 주변에 있는 이들과 성격이 닮아갔고, 그와 같은 것을 좋아했다. 나는 본래 정리하길 좋아했는데, 정리하길 싫어하는 친구와 방을 함께 쓰던 무렵에는 발 디딜 틈 없을 만큼 물건을 늘어놓거나 쓰레기가 산더미처럼 쌓여도 신경 쓰지 않았다. 스트레스를 받기는커녕 오히려 아늑하게 느낄 정도였다. 사투리를 쓰는 친구와 자주 어울리던 때에는 가본 적도 없는 지역의 사투리를 썼고, 미국 문화를 좋아하는 친구와 자주 만나던 때에는 외국 드라마와 음악에 미친 듯이 빠져 살았다.

좋든 싫든 주위의 영향을 잘 받는 사람이었다. 가끔 오래된 고향 친구를 만나면 만날 때마다 완전히 딴사람을 보는 것 같다고 했는데, 어떨 땐 무섭다는 말까지 들은 적도 있다. 내가 생각해도 성격이 놀랄 만큼 변했다. 유소년기에 항상 주위를 신경 쓰고 내 취향이나 호불호를 무시하던 경험이 나를 구멍이 숭숭 뚫린 스펀지처럼 만들어버렸다.

사람은 누구나 주위의 영향을 받는다. 비유하자면 하얀 캔버스 위에 페인트를 조금씩 붓는 것과 같아서 그 영향력이 천천히 퍼진다. 그런데 나는 달랐다. 컵 안의 물에 잉크를 한 방울 떨어트리면 순식간에 퍼져 곧 전체가 잉크 색으로 물든다. 그 정도로 빠르게 다른 사람이 되어버렸다. 당시에 나는 여러 모습의 내가 존재하는 것 같았고, 무엇이 진짜 나인지 모른 채 휘둘리기만 했다. 그런 나를 바꿀 용기도 없어서 그저 구멍이 숭숭 뚫린 스펀지 인간으로 살아갈 수밖에 없었다.

꿈을 꾸다

어머니에 따르면, 나는 어릴 때부터 마트에서 흘러
나오는 대중적이고 흥겨운 노래에 맞춰 춤을 추곤
했다고 한다. 물론 나는 전혀 기억나지 않는다. 하
지만 지금도 마트에서 매장에 흐르는 노래를 들으
면 왠지 두근거리고 저절로 리듬을 타는 걸 보면
어머니의 말이 사실인 것 같다. 실제로 철이 든 무
렵부터는 카세트테이프에 녹음한 놀이공원의 퍼레
이드곡이나 당시 유행하던 노래를 휴대용 플레이
어로 틀어놓고 친구와 근처 신사[神社]에서 춤을 추

곤 했다. 지금 생각하면, 그 모습을 사람들은 이상하게 여겼겠구나 싶다. 여기까지만 봐도 알 수 있듯, 나는 뼛속들이 천둥벌거숭이였다.

그런 천둥벌거숭이가 연예계에 흥미를 가진 것은 초등학교 4학년 무렵. 당시 프로젝트 그룹으로 활동하던 핑크레이디 특집을 본 것이 계기였다. 핑크레이디를 모르는 사람을 위해 간단히 설명하자면, 시즈오카 출신의 두 명의 소녀가 도쿄의 오디션 프로그램에 출연하여 합격했고 꿈같은 데뷔를 시작으로 엄청난 스케줄을 소화하며 당시에는 모르는 사람이 없을 정도로 화제를 불러일으켰다. 그후 미국에 진출하여 성공했지만, 데뷔 후 4년 7개월 만에 해체했다. 이렇게 짧게 설명하는 게 미안할 정도로 대단한 그룹이었다.

하물며 해체한 지 20년이 넘었는데도, 내가 TV에서 본 두 사람은 데뷔 때보다 한층 발전한 모습이라고 기억한다. 중독성 있는 노래와 춤, 곡에 따른 콘셉트. 당시 초등학교 4학년이었던 나는 한순간에 매료됐다. '연예계'라는 틀을 뛰어넘어 음악으로 사람을 매료할 수 있다는 걸, TV를 통해 그 대단함을 목격했다.

그로부터 얼마 지나지 않아 어머니의 고향에 함께 갈 때 도중에 들른 고속도로 휴게소에서 우연히 핑크레이디의 데뷔곡인 〈펫파 게부[ペッパー警部]〉 8센티미터 CD와 조우했다. 곧장 어머니에게 사달라고 졸랐다. 결국 사긴 샀는데, 내가 받은 세뱃돈으로 샀던 것도 같다. 어쨌든 어머니가 사준 CD를 닳을 만큼 듣고 춤을 외워 어른들 앞에서 선보였다. 근처 주점에서 춤을 추자, 주점의 여사장과 손님이 잘한다고 칭찬하기도 했다. 왜 주점에서 춤을 추었는지는 나중에 이야기하기로 하고, 아무튼 어른에게 칭찬을 듣고 기쁘지 않은 아이는 없

다. 어쩌다 용돈을 주는 사람도 있었는데, 그보다는 칭찬을 듣고 싶어서 초등학교 4학년부터 종종 춤을 추었던 것 같다.

나는 그즈음 주목받는 데 우월감을 느꼈다. 그때까지 꿈이 무엇인지 물으면 막연히 울트라맨이 되고 싶다거나 학교 선생님이 되고 싶다고 대답했는데, 인생에서 처음으로 이룰 법한 꿈이 생겼다. 바로 연예인이었다. 처음 핑크레이디의 1970년대 영상을 보고 무대에서 반짝반짝 빛나는 두 사람에게 힘을 얻은 것은 물론이고, 그들을 응원하는 많은 사람과 사회를 움직일 만큼의 영향력을 보고 그 대단함에 매료되었다. 그러면서 내 꿈은 연예인이 되었다.

또 하나, 나의 마음을 움직인 것이 있다. 무대에서 빛나는 모습의 이면에 숨은 노력과 고난에 맞서는 모습이었다. 데뷔 후 몇 년 동안은 하루 평균 두세 시간만 자고, 때로는 다음 공연장까지 헬리콥터로 이동하고, 미디어의 비난에도 굴하지 않고 계속 무대에 오르는 모습을 보면, 조명을 받아 가녀리게 빛나는 존재라고만은 할 수 없는 아름다움이 있었다. 뭐라고 형언할 수 없는 매력을 느꼈다.

아직 초등학생이던 나는 연예인만 되면 핑크레이디처럼 될 수 있다고 믿었다. 사람들 앞에서 반짝반짝 빛나고 누군가에게 용기를 줄 수 있다면, 그것이 노래건 웃음이건 만족할 수 있다고 생각했다. 연예인이라면 어떤 분야든 좋았다.

지금 돌이켜 보면, 여유 없는 집에서 자란 아이가 반짝반짝 빛나는 것을 동경하며 누군가에게 용기를 주고 싶다고 생각한 건 어쩌면 당연한 일인지도 모른다. 담뱃진에 누렇게 물든 집에 살면서 그런 상황을 바꿀 수 없다면 더더욱.

꿈이라는 어렴풋한 희망이 나의 인생을 바꾸리

라고 진지하게 받아들일 만큼 나는 연예인을 절대적으로 동경했다. 그리고 시즈오카의 여고생 두 명이 미국 시장에 데뷔하고 핑크레이디의 이름을 내건 방송을 할 만큼 스타가 된 것처럼, 나도 무언가 할 수 있을지 모른다는, 미래에 숨어 있을 막연한 가능성을 그 무렵부터 찾기 시작했다.

전 기

중학생이 되자 TV에 대한 나의 동경은 한층 커졌다. 그 무렵 가장 빠져 있던 버라이어티 방송이 니혼TV 계열에서 지금도 방송 중인 〈세계의 끝까지 잇테큐![世界の果てまでイッテQ!]〉였다. 출연자가 여러 나라와 지역에 가서 직접 다양한 일에 도전하는 방송으로, 누구나 한 번쯤 이름은 들어본 적이 있을 정도로 유명했다. 진귀한 동물을 찾아 여행을 떠나거나, 세계 각국의 축제를 리포트하거나, 무엇보다 출연자가 열심히 하는 모습과 때때로 보이는 엉뚱한 모습에 많이 웃었다.

여전히 장난을 좋아하던 나는 그 방송을 보면서 사람들에게 웃음을 주는 일이 소중하다는 것, 그리고 웃음을 창조하는 개그맨이라는 직업을 알았다. 물론 어릴 때부터 개그맨은 알고 있었지만, 화면을 통해 웃음을 대하는 철학적인 자세를 느낄수록 진흙 범벅의 개그맨이 반짝반짝 빛나 보였다. 연립주택 단지에 있던 우리 집은 세워진 지 오래되어 위층과 아래층에서 큰 목소리를 크게 내면 들릴 정도였는데, 매주 일요일 저녁 8시가 되면 위아래에서 웃음소리가 들렸다. 방송은 전국에 있는 많은 시청자에게 웃음을 주었고, 사람들에게 살아갈 힘을 주었다. 그런 만큼 그들이 눈부셔 보였다. 그 정도로 개그맨에게 빠져 있던 나는 어느새 개그맨이 되어 사람들에게 웃음을 주고 싶다고 생각했다.

초등학교 4학년 때 밝게 빛나는 연예인을 동경

하며 꿈을 꾸던 내가 연예계라는 막연한 세계에서 '웃음'이라는 답을 발견한 것이다. 그리고 문득 정신을 차리고 보니, 개그맨 육성 학원을 알아보고 자료까지 요청해서 신청서까지 작성해놓은 참이었다. 참고로 학원비가 있거나 부모님의 동의를 얻은 것도 아니지만, 어떻게든 되리라 믿었다.

이야기가 옆길로 새는 듯한데, 가끔 스스로도 깜짝 놀랄 만큼 실천력을 발휘하는 순간이 있다. 나는 직감적으로 일을 결정하는 경우가 많고 실천력도 있는 편이다. 다만 어릴 때부터 그랬던 게 아니라 어디까지나 후천적인 능력이다. 평범하지 않은 가정환경에서 유소년기를 보내고 항상 자신에 대한 열등감으로 괴로워했는데, 나라는 인간을 바꾸는 일이 이 무렵부터 서서히 일어났다. 그 시작이라고 할 수 있는 전반기 인생에 대해 이야기하려 한다.

개그맨 육성 학원의 입학 수속이 끝날 즈음, 나는 고등학생이 됐다. 아르바이트도 시작해서 육성 학원비는 스스로 댈 생각이었다. 이제 부모님을 설득하는 일만 남았을 때였다. 당시 막 서비스를 시작한 유튜브에서, 비주얼 밴드처럼 진하게 화장하고 한국어로 노래하며 춤추는 사람들이 관련 동영상에 떴다. 별생각 없이 보고 있는데, 노래의 후렴에서 "쇼크, 쇼크"라고 반복해서 노래했다. 나는 그 모습에 '쇼크'를 받았다. 물론 좋은 의미에서였다.

춤도 멋있었고, 무엇보다 사운드가 내 취향이었다. 검색해보니, 비스트라는 케이팝 아이돌 그룹이었다. 그다음은 어떻게 됐는지 말할 필요도 없다. 나는 케이팝이라는 늪에 빠졌다. 당시 일본의 TV 방송에서 동방신기나 소녀시대, 카라 등이 활약하고 있었고, 누나도 동방신기 팬이었기 때문에 익숙하긴 했다. 그런데 내가 케이팝에 깊게 빠지리라고는 상상조차 하지 못했고, 어느새 개그맨 육성 학원 따위는 완전히 잊어버렸다.

유튜브로 케이팝 뮤직비디오를 보며 한 달 정도 지났을까? 평소처럼 유튜브를 보다가 SF 영화에 나오는 미래 인간 같은 모습을 한 보이그룹의 노래가 흘러나왔다. EDM 사운드에 맞추어 높게 점프하는 안무가 인상적이었는데 박력 있는 댄스뿐 아니라 사운드가 한번 듣고 머리에서 떠나지 않았다. •

어떤 그룹인지 호기심이 생겨 곧바로 포털사이트에서 검색하고는 깜짝 놀랐다. 그룹에서 가장 나이 어린 멤버가 나와 같은 나이였기 때문이다. 이렇게 박력 있는 댄스를 동갑의 아이가 멋있게 춤추며 노래하고 있다. 지금까지의 인생, 무언가를

• 틴탑[TEEN TOP]의 〈Supa Luv〉

이룬 적도 없거니와 죽을 만큼 노력한 적도 없던 내게 그들의 모습은 눈부셨고, 나는 용기를 얻었다. 동시에 노력의 결과를 눈앞에 들이대는 듯한 기분이 들어 분한 마음이 들었다.

　나를 보여주는 일이 얼마나 멋지고 대단힌지 느낀 순간, 온몸의 세포가 들끓는 듯한 전율이 일었다. 나도 알 수 없는, 몸이 부들부들 떨리는 듯한 감각. 그리고 그 직후에 밀려온, 어려운 문제를 풀었을 때처럼 뭔가 깨달은 듯한 감각. 내가 목표로 해야 할 곳은 여기였다. 정답도 오답도 없이, 내면에서 느낀 확고한 무언가를 믿었다. 그것이 '직감'이라는 것을 그때의 나는 아직 알지 못했다. 그러나 이 경험이 내 인생을 180도 바꾸었다. 인생의 전환기를 맞이한 순간이었다.

루이지의 비명

내가 케이팝 아이돌을 목표로 삼은 계기가 된 것은 아이돌 그룹 틴탑의 리키였다. 틴탑은 당시 케이팝계에서 평균 나이가 가장 어렸다. 그중에서도 가장 어린 학생인 리키는 나와 같은 나이로, 열다섯 살이었다. 처음 유튜브에서 보았을 때는 데뷔 후 두 번째 앨범을 발표하고 활동하고 있었는데, 비대칭 스타일의 빨간 머리를 하고 〈매트릭스〉처럼 허리를 90도로 젖히는 퍼포먼스를 했다. 처음에는 CG인 줄 알았는데, 안무 연습 동영상을 보니 똑같았다. 나는 그의 댄스에 빠졌고, 동영상을 보다가 어느새 팬이 됐다.

그때까지 좋아하던 연예인이나 유명인은 있었지만, 그 정도로 빠진 건 처음이었다. 또래 남자아이가 무대에서 밝게 빛나는 모습이 크게 작용했다. 나이가 같다는 공통점이 가능성이 있다고 자극했을뿐더러, 일본의 연예계와는 또 다른 장점에도 매력을 느꼈기 때문이다.

최근 케이팝은 일본에서도 대중화되어 일본을 대상으로 한 콘텐츠도 늘어났다. 한국 콘텐츠가 일본뿐 아니라 세계적으로 유행하고 '메이드 인 코리아' 브랜드가 유명해진 이유는 여러 가지가 있겠지만, 한국과 세계 사이에 일본이 있다는 게 한 요인인 건 분명하다. 그리고 한국과 세계를 이어주고 물리적 거리감을 느끼지 않게끔 동영상(뮤직비디오, 비하인드 스토리, 안무 연습, 직캠 등)을 올리는 케이팝의 방식에서, 한국의 아이덴티티를 세계로 전파하려는 의지를 느낄 수 있었다. 13~14년 전의 케이팝은 한국적 색채가 짙게 느껴지는 사운드가 많았다. 그런 면에 크게 매력을 느낀 나는 케이팝에 빠져들었고, 꿈을 향한 마음도 점점 커졌다.

직접 만나고 싶다, 생생한 무대의 현장을 보고 싶다. 그렇게 생각할 무렵, 틴탑의 일본 단독 공연이 정해졌다. 한 치의 망설임도 없이 바로 공연 티켓을 끊었다. 그날 가장 오래된 친구에게 부탁해서 같이 갔는데, 트위터[X]에서 알던 덕후도 많이 만났다.

사람들 눈에 띄길 좋아하던 나는 무슨 생각에서인지 루이지(마리오 시리즈의 캐릭터. 마리오의 쌍둥이 동생-옮긴이) 복장을 하고 친구에게는 마리오 복장을 입혔다. 정말이지, 나는 못 말릴 녀석이었다. 어디까지나 친구를 따라온 것처럼 보이고 싶은

얄팍한 속셈이 빤히 들여다보이는 것 같아 기분이 찜찜했다. 아티스트와 똑같은 의상을 입고 오는 사람은 흔히 있다. 하지만 나는 틴탑의 멤버를 좋아하거나 멤버와 연관이 있어서가 아니라 단지 눈에 띄고 싶다는 마음에 루이지 복장을 입은 것이다. 또 다른 이유도 있었다. 공연이 끝난 후 하이파이브 이벤트가 있었다. 그러니 리키를 만날 수 있다, 몇 초라도 나의 마음을 전할 수 있다, 눈에 띄는 편이 좋지 않을까. 그런 단순한 생각이었다.

공연은 말할 것도 없고, 현장에서 보는 퍼포먼스는 동영상보다 100배는 박력이 넘쳐 최고였다. 공연이 끝난 후 드디어 하이파이브 이벤트 시간이 되었다. 차례를 기다리며 하고 싶은 말을 한국말로 할 수 있게 미리 손에 적은 메모를 보았다. 이상하다. 글씨가 보이지 않는다. 적어놓은 글씨가 지워졌다. 공연은 좌석제가 아니라 스탠딩이었고 공연장 안은 후끈후끈한 사우나 같았다. 그런 곳에 두 시간이나 있으면 땀이 난다. 내가 하고 싶은 말을 적은 메시지는 땀과 더불어 사라지고 말았다.

당황한 나를 비웃듯, 원망스럽게도 다시금 땀이 샘솟았다. 나는 결심했다. 애드리브로 하자. 그러는 사이에 차례가 왔다. 체감상 1초나 되었을까. 여섯 명의 멤버가 나란히 서 있는 곳을 지나가며 하이파이브를 하는데, 수영장에서 흘러가는 물 위에 우아하게 몸을 맡긴 듯한 느낌은 전혀 아니었다. 놀이기구를 탄 것처럼 순식간에 지나갔다. 당연히 그런 와중에 무슨 말을 하기란 불가능했기에, 필사적인 나머지 친구와 비명을 지르며 지나치고 말았다. 틴탑 멤버들은 어지간히 공포스러웠을 것이다. 빨강과 녹색의 인간 둘이 비명을 지르며 지나갔으니 말이다.

이렇게 나의 첫 오프라인 이벤트는 끝났다. 이

공연에서의 만남과 경험이 그 이후 덕후 활동에 영향을 미쳤는데, 아무튼 이때의 나는 알 수 없는 성취감과 만족감에 젖어 있었다.

천사라는 이름의 남자

케이팝은 각 팬덤마다 팬덤명이 있다. 틴탑의 팬덤명은 '엔젤'이었다. 처음 알았을 때는 멈칫했다. 아무리 열다섯 살밖에 안 됐다고 해도, 깜찍하고 귀여운 이름이 붙는 데는 다소 거부감이 있었다. 게다가 평균 나이 15~16세인 팀을 응원하는 사람은 대개 누나나 여중고생이 대부분이었고, 남성 팬은 소수였다.

일본 공연을 경험한 후로, 한국의 아이돌 문화에 한층 흥미가 생겨서 한국에 가보고 싶어졌다.

마침 틴탑의 컴백 발표가 겹치자 바람은 한층 커졌고, 공연에서 친해진 엔젤들과 연락을 주고받던 중에 "한국 사인회에 참가하자"는 이야기가 나왔다. 그런데 나는 도쿄도 몇 번 가본 적 없었고 당연히 해외에는 나간 적이 없었다. 여권을 발급받는 방법도 모르고 한국어는커녕 영어도 할 줄 몰랐다. 그런 내가 한국에 갈 수 있을지, 한순간 망설였다. 그렇지만 틴탑을 향한 팬심이 컸던 만큼 불안하진 않았다.

그보다는 데뷔 이후 음악방송에서 아직 1위를 한 적이 없던 틴탑이 1위를 하길 바랐다. 그 모습을 보고 싶었다. 그러려면 앨범 판매량이 큰 영향을 미친다는 사실을 알고 있었다. 나는 사명을 완수하기 위해서라도 반드시 한국에 가야 한다는 뜬금없는 책임감에 휩싸였다.

바로 여권을 발급받아 여행 준비를 끝냈고, 남

은 건 사인회 응모뿐이었다. 그러나 첫 번째 벽에 부딪혔다. 언어의 장벽이었다. 내가 덕후 활동을 하던 2011년은 지금과 달리 사인회 응모를 비롯한 모든 스케줄이 한국어로만 안내되었다. 당시 휴대폰의 번역 기능은 형편없었고 자세한 정보까지 일일이 확인할 수 없었다. 정말 괜찮을까? 그런 불안을 안은 채 나는 난생처음 바다를 건넜다.

　미리 한국에 가 있던 엔젤 친구에게 부탁해서 사인회에 응모한 덕분에 입국해서 바로 사인회장으로 향했다. 첫 해외여행의 설렘을 느낄 여유 따윈 없었다. 그것이 덕후다. 도착해서 신분증 검사를 마치고 안으로 들어갔다. 사인회장에는 200명 정도 모여 있었다. 라이브 홀 같았는데, 무대 위에는 멤버들이 앉을 의자 여섯 개와 긴 테이블이 놓여 있었다.

　생각 외로 가까이에서 볼 수 있다는 사실을 깨

닫자 갑자기 가슴이 뛰기 시작했다. 그런데 막다른 상황에 몰린 것을 깨달았다. 사인회장에 남자가 없었던 것이다. 아무리 둘러보아도 남자는 나 혼자였다. 신경 쓰지 않으면 괜찮은 문제가 아니었다. 사춘기 남자아이가 199명의 여성, 게다가 스태프까지 전부 여성인 사인회장에 혼자 있으려니, 발을 들이면 안 되는 금남의 장소에 들어온 기분이 들어 미안한 마음까지 들었다.

하다못해 한 명이라도 더 있으면 안심했을지 모르지만, 그런 일로 우물쭈물할 시간이 없었다. 루이지 복장으로 미친 듯 소리 지르며 지나쳤던 지난번의 원통함을 풀기 위해 새로운 복장을 준비했기 때문이다. 몇몇 방송에서 틴탑이 소녀시대의 〈키싱 유〉를 커버했을 때 입었던 의상인데, 당연히 똑같은 것을 준비할 수는 없어서 시중에서 파는 옷을 리폼해서 만들었다.

서둘러 옷을 갈아입고 자리에 앉은 다음 리키에게 할 말을 되뇌었다. 이전의 실패를 반복하지 않기 위해 손이 아닌 종이에 쓴 것을 수없이 반복해서 읽었다. 그러는 동안 아무런 예고 없이 멤버들이 등장했다. 처음에는 소리는커녕 손도 흔들지 못했다. 멤버들의 인사가 끝나자 바로 사인회가 시작됐다.

팬들은 가지고 온 좋은 카메라로 멤버들을 찍기 시작했다. 이것이 일본과 다른 점인데, 한국은 사인회를 포함해 팬이 참가하는 이벤트에서 촬영이 가능한 경우가 많다. 그래서 '대포'라고 하는 길고 커다란 렌즈를 단 카메라로 사진을 찍는 팬이 몇몇 있다. 이들은 찍은 사진을 SNS에 올리는데, 그중에는 전문가 못지않게 사진을 잘 찍는 팬도 있다. 사인회장에서는 상당수의 팬이 카메라로 촬영하기 때문에 기자회견처럼 카메라 셔터 소리가 끊이지 않았다. 그 와중에 내 차례가 점점 가까워졌다.

한국의 사인회는 차례대로 번호를 부르면 무대 옆에 나란히 서서 자신의 순서를 기다리는 식인데, 나는 중간쯤 번호여서 시간의 여유가 있었다. 그렇지만 하고 싶은 말을 제대로 할 수 있을까, 준비한 선물은 좋아해줄까, 걱정하는 사이에 긴장해서 배가 아프기 시작했다. 심장 박동이 빨라져서 속이 울렁거렸다. 드디어 내 번호를 부르자 심장이 튀어나올 만큼 긴장이 최고조에 달했다.

멤버 전원에게 사인을 받기 위해 옆으로 이동하는데, 내 최애가 바로 첫 번째였다. 스태프의 안내로 멤버에게 사인 받을 앨범을 건넸다. 동영상에서 보던 사람이 눈앞에 있었다. 그 상황을 실감할 틈도 없이 최애는 사인을 하기 시작했다. 최애가 이런저런 말을 걸어주었는데, 한국말을 모르는 나는 무슨 말을 하는지 이해하지 못한 채 고개만 끄덕일 수밖에 없었다.

기본적으로 사인을 받으면 바로 이동해야 하기 때문에 최애에 대한 고마움을 전하기 위해 열심히 준비해서 적은 종이를 보며 필사적으로 말했다.

서툰 한국말이라 제대로 전달됐는지는 모르겠지만, 내가 너무나 필사적으로 보였는지 최애는 진지한 표정으로 들어주었다. 마지막에 악수하고 다음 멤버에게로 이동했다. 미안하지만 솔직히 다른 다섯 멤버에 관한 기억은 없다. 긴장이 풀려서 오히려 머릿속이 하얘졌다.

그럼에도 루이지의 원통함을 풀 수 있었던 나는 안도감과 기쁨으로 둥실둥실 하늘로 떠오를 것만 같았다. 마치 날개 달린 천사처럼 어디라도 날아갈 수 있을 것 같았다. 그리고 방금 최애에게 한 말을 다시 한번 마음속으로 되뇌었다.

"나는 일본에서 커버 댄스를 하고 있습니다. 그 팀에서 나는 당신의 파트를 담당하고 있습니다. 언젠가 함께 춤추고 싶습니다. 내 꿈은 아이돌이 되는 것입니다."

모방의 프로

나에게는 나이 차이가 꽤 나는 누나가 두 명 있다. 전해 들은 바로는 두 사람 모두 예체능을 많이 배웠다고 한다. 피아노, 서예, 수영, 농구, 거기에 보습학원까지 다녔단다. 가만히 떠올려보면 학원 가는 길이나 농구 시합에 따라다닌 기억이 어렴풋이 난다. 내가 유치원에 갈 무렵에 부모님이 별거했기 때문에 가정 형편이 어려워져서 누나들도 중학생이 된 후에는 취미 활동 대신 동아리 활동을 했다. 나도 초등학생이 되자 처음으로 배우고 싶은 게 생겼다. 바로 유도였다.

왜 배우고 싶었는지 확실히 기억나지 않지만, TV에 나온 유도 시합에서 상대 선수를 업어치기 하는 모습이 멋있었기 때문일 것이다. 어린아이다운 귀여운 이유디. 이릴 때부터 몸이 마르고 약했던 나는 유도를 배워 강해지겠다고 결심하고 어머니에게 말했다.

"엄마, 나 유도 배우고 싶어."

그러자 어머니의 대답은 너무나 단호했다.

"응, 돈이 없어서 안 돼."

어머니는 항상 진한 음식의 간과는 전혀 달리 담백하게 거절했다. 하지만 입버릇처럼 "돈이 없다"고 했던 걸 생각하면 예상한 대답이었는지도 모른다. 너무나 단호한 대답에 아무 말도 하지 못했다. 아니, 말문이 막혔다. 집과 살아갈 양식이 있는 것만으로 행복한 일이라는 걸 당시의 나는 알리가 없었다. 다만 누나는 배웠는데 나는 그러지 못하는 건 불공평하다고 생각했다.

시간이 흘러 고등학생이 되자, 아이돌이 되겠다는 꿈이 생겼다. 아이돌이 되려면 노래를 부르고 춤을 출 수 있어야 한다. 이렇게 생각은 했지만, 초등학교 때 유도를 배우고 싶다고 했다가 거절당한 경험 때문에 어차피 말해도 또 거절하리라고 여겨 부모님에게 부탁하는 건 포기했다.

아르바이트를 시작해서 마음대로 쓸 돈이 늘어났으니 혼자서 해결하기로 했다. 그렇지만 당시의 나는 뼛속까지 부정적인 인간이었기 때문에 무엇을 하든 '나는 안 된다'고 생각하는 경향이 강했다. 어릴 때부터 아이돌을 흉내 내며 춤춘 것뿐이었고, 노래는 합창대회에 나간 게 전부였다. 사람들 앞에 서는 것을 좋아하면서도, 막상 사람들 앞에 서면 겁을 먹고 뒷걸음질한다. 눈길을 끌수록 주위에서 나를 어떻게 생각할지 걱정돼서 잠을 이루지 못한다.

아이돌이 된 아이들을 보면 초등학교 시절부터 열심히 연습해서 고등학생 때 데뷔하는데, 나는 이미 고등학생인 데다 춤과 노래 경험도 없었나. 그래서 무서워졌다. 댄스학원에 가면 분명 놀림받을 거라 단정하고 스스로 낭떠러지까지 몰아붙였다. 무엇을 할 수 있을지, 무엇을 해야 할지 고민한 끝에 내 나름대로 가능해 보이는 답을 찾았다. 아이돌 댄스를 커버하는 것이었다.

신기하게도, 마침 그 무렵 한 통의 메시지가 도착했다. 케이팝 커버 댄스팀의 멤버를 모집한다는 내용이었는데, 즉시 답장해서 토요일에 멤버와 만나기로 했다. 장소는 도쿄의 다카다노바바에 있는 댄스 스튜디오였다. 부모님에게는 친구 집에 놀러 간다고 거짓말로 대충 둘러대고는 토요일이 되자

도쿄로 향했다.●

긴장하면서 스튜디오에 들어가자, 네 명의 멤버가 있었다. 모두 날렵한 체형에 세련된 얼굴형을 하고 있어서 '역시 도쿄구나' 싶어 속으로 감탄하는데, 댄스를 보여달라고 했다. 무슨 춤을 추었는지 기억은 못 하지만, 오디션처럼 멤버가 지켜보는 앞에서 거울을 보고 춤을 추었다.

춤이 끝나자, 리더는 매주 토요일과 일요일에 연습이 있는데 참가할 수 있는지 물었다. 모두들 학생이기 때문에 연습은 심야 시간대, 장소는 당연히 도쿄였다. 평소의 나라면 고심했을 테지만, 그때는 그 즉시 가능하다고 답했다. 결국 그 길로 합격했고, 그날부터 커버 댄스의 세계에 발을 들여놓았다.

● 당시 저자는 도쿄에서 100킬로미터 떨어진 군마현에 살고 있었다.

팀에 가입한 후, 바로 다음 연습날에 리더가 팀의 목표를 발표했다. 커버 댄스 이벤트에 출연하는 것이었다. 우리가 나가려는 이벤트는 다양한 커버 댄스팀이 케이팝 아이돌의 안무는 물론 의상과 헤어스타일까지 완벽하게 커버하는 것으로, 이른바 아이돌 유사 체험이 가능했다.

지금은 SNS가 다양화되어 커버 댄스를 하거나 아이돌 메이크업을 따라 해서 동영상을 올리는 사람도 많고 온라인에서 교류할 수 있는 환경이지만, 내가 커버 댄스를 시작한 2010년 무렵에는 아직 SNS보다 오프라인 이벤트에서 교류가 활발했다. 매주 도쿄의 클럽이나 라이브하우스에서 다채로운 콘셉트의 이벤트가 개최되었고, 커버 댄스팀도 그런 곳에서 활동할 기회가 많았다. 그런데 리더가 말한 이벤트는 커버 댄스 하는 사람들이라면 누구나 목표로 하는 무대였다. 갑자기 그런 무대에 나간다는 말을 듣고 기쁨과 걱정이 뒤섞여 놀랐지만, 도전하고 싶었고 멋지게 해내겠다고 굳게 결심했다.

매주 주말마다 도쿄로 가서 아침까지 연습하고, 첫차를 타고 군마로 돌아오자마자 등교하는 생활이 시작됐다. 때로는 스튜디오 비용이 아까워서 유리로 된 건물 앞에서 연습하기도 했다. 지원자가 많으면 이벤트에 출연할 가능성이 낮아지기 때문에 필사적이었다. 대부분의 멤버가 댄스 경험이 없어서, 동영상을 보고 안무를 딴 후 맞추는 작업에 시간이 많이 걸렸다.

그런 상황에서 내가 가장 신경 쓴 점은 단순히 춤만 추는 게 아니라 완벽하게 아이돌 본인이 되는 것이었다. 마음가짐도 그렇지만, 댄스 미경험자라는 한계를 숨기기 위해 커버하는 아이돌의 춤 습관과 표정을 몇백 번이고 따라 했다. 춤을 배운 사람이라면 아이돌이 추는 안무가 어떤 스텝인지, 어떤 느낌인지 이해한 후 자신만의 스타일로 춤을 출 것이다. 하지만 나는 스텝이나 느낌을 모르기 때문에 최대한 똑같이 따라 할 수밖에 없었다. 그렇게 하는 것 말곤 다른 방법은 몰랐다.

몇 개월간 연습한 후, 우리는 커버 댄스 이벤트에 지원하는 동영상을 찍었다. 의상도 아이돌이 입던 무대의상을 본따 멤버의 지인에게 부탁해서 만들었다. 지원 결과는 합격이었다. 이 무대가 내 인생 최초의 무대였다. 정말 많은 팀이 참가했는데, 누구나 알고 있는 아이돌을 커버하는 팀이 있는가 하면 갓 데뷔한 신인 아이돌을 커버하는 팀, 앨범 타이틀이 아닌 수록곡을 커버하는 팀 등 개성이 넘쳤다.

나와 같은 댄스 미경험자나 댄스를 직업으로 하는 것으로 보이는 사람도 자신만의 방식대로 아이돌이 되어 표현했다. 각자 목적은 다르겠지만, 진심으로 즐기는 마음과 자신이 맡은 역할에 몰두하려는 결의가 무대를 보면 느껴졌다. 그날 이후 나는 커버 댄스라는 세계에 한층 빠져들었다.

지금 돌아보면, 단순히 취미가 아니라 아이돌이 되기 위한 기초 훈련(춤과 표정)이기도 했고, 무대에서는 마음가짐을 배우는 자리였다는 생각이 든다. 단순히 모방만 하기보다는 그 한계를 넘어서기 위해 '모방의 프로'가 되겠다고 결심했다. 댄스학원을 다녀도 선생님이 가르치는 스텝을 모방하는 것부터 시작할 테고, 신입 사원은 매뉴얼대로 업무를 처리하는 선배를 모방하며 일을 배우기 시작한다. 나에게는 모방의 대상이 아이돌이었고, 무대에서 빛나는 사람을 모방하는 편이 춤을 처음부터 배우는 것보다는 빠른 길이라고 생각했다.

사실은 기초부터 제대로 배우기를 권장하지만,

반드시 그럴 필요는 없다. 내가 진지하게 아이돌 흉내를 내는 걸 주변에서는 어리석게 여겼을지도 모르지만, 진지하게 모방함으로써 내 나름의 독창성을 발견할 수 있었고, 그 후의 인생에도 커다란 영향을 끼친 건 분명했다.

'모방의 프로'가 되는 건 내가 어떤 사람인지 깨닫는 데 필수적이다. 그 과정을 생략하고 넘어가면, 껍질뿐인 자기 자신과 마주치는 날이 온다. 모방하는 일이 나쁘다고 여기기보다는 모방부터 시작하지 않는 게 오히려 이 세계에 있는 사람에게 큰 실례임을 인식할 필요가 있다. 잘하든 못하든, 멋있든 멋없든 상관없이, '모방의 프로'가 되는 단계를 생략하지는 않았는지 점검할 필요가 있다는 사실을 커버 댄스를 통해 배웠다.

거짓말쟁이 고등학생

매주 친구 집에서 잔다고 거짓말하고 도쿄를 오가는 생활을 1년 정도 지속했다. 어머니에게 거짓말한 이유는, 중학생 무렵 텔레비전을 보고 있는 어머니에게 연예인이 되고 싶다고 말했는데 어머니의 반응이 긍정적이지 않았기 때문이다. 내가 춤추는 일이 연예인이 되는 것과는 직접적으로 상관없다는 사실은 알고 있었다. 그런데 만약 부정당하면 깊은 상처가 될 테고, 나의 꿈을 부정당하고 싶지 않은 마음도 컸다.

평일에는 학교와 아르바이트를 오가고 주말에는 도쿄를 오가는 생활을 하며 꿈과 목표는 서서히 선명해졌다. 그와 동시에 어머니에게 부정당하면 어쩌나 싶은 불안도 점점 짙어졌다. 시기적으로도 졸업 후의 진로를 학교나 부모님과 상담할 때가 다가오고 있었다. 나는 마음의 갈피를 잡지 못하고 갈팡질팡했다. 설상가상으로 주위 친구들은 차례로 진로를 정해서 홀로 남겨진 것 같은 느낌에 사로잡혔다. 내가 다니던 곳은 농업고등학교였기에, 졸업 후에는 전문직으로 취직하든지 농업대학교에 진학하는 경우가 대부분이었다. 나와 같은 진로를 목표로 하는 학생은 없었다.

사실은 춤을 제대로 배우고 싶다. 노래에도 도전하고 싶다.

일상에서 도망치고 싶으면서도, 점점 커져가는 마음을 더 이상 숨길 수 없었다. 거짓말은 하고 싶

지 않았다. 그 순간, 스스로 꿈을 부정하고 있었다
는 사실을 깨달았다. 자신의 마음에 거짓말하고 진
심을 부정하고 현실에서 도망치고 있었다. 앞으로
어떻게 될지 모른다고 해서 도전하지 않는 건 옳지
않았다. 현재의 생각이 앞으로 어떻게 될지를 결정
한다는 사실을 깨닫고, 나는 부모님에게 속마음을
털어놓기로 했다. 어느 날 저녁 식사가 끝나고 가
족 모두를 거실에 모이게 했다.

"가수가 되고 싶어요."

단도직입적으로 말했다. 왜 그렇게 생각했는지,
그동안 속이고 도쿄를 오간 일, 거짓말한 이유를
이야기했다. 각오의 빈틈으로 얼굴을 내민 불안으
로 목소리가 떨렸다. 부모님의 얼굴을 차마 쳐다보
지 못했다. 잠깐의 침묵 뒤, 어머니가 말했다.

"솔직하게 말해줘서 고맙다."

상상도 못 한 말에 놀랐다. 이내 현실적인 이야

기로 넘어갔다. 경제적인 지원은 할 수 없으니, 스스로 돈을 모아 전문학교에 가면 좋겠다, 꿈은 응원한다고 말했다. 어릴 때부터 유복하지 않았던 탓에 경제적인 지원은 받지 못하리라고 막연히 예상하고 있었나. 그렇지만 식섭 말로 들으니 대단히 현실적으로 다가왔고, 예상한 것보다 충격도 컸다.

그 후에도 한 시간 정도 커버 댄스팀의 활동과 꿈에 대해 이야기했는데, 결국 그날은 앞으로 어떻게 할지 결론을 내리지 못했다. 다만 내 마음은 분명해졌다. 반드시 아이돌이 되겠다고 각오했다. 눈앞의 상황에 불평하면서도, 동시에 내가 가고 싶은 길을 걸어가는 모습을 상상하고 설렜다. 이것이 답이었다. 누가 부정하든 상관없었고, 오히려 그 사람에게 멋지게 보여주고 싶다고 생각했다.

나는 주변과 나 자신에게 거짓말하던 고등학생 시절의 나와 작별했다.

7sky

고등학교 시절도 얼마 남지 않은 무렵, 나는 진로를 결정하지 못한 채 도쿄에 가겠다고 마음먹었다. 졸업까지는 자율 등교라 학교에 가지 않아도 괜찮았기에 커버 댄스팀 멤버의 집에서 지내고 있었다. 군식구였다. 이전부터 매주 신세를 졌던 탓에, 집에 머무는 시간이 조금 늘었을 뿐이었다. 싫은 기색 없이 기꺼이 받아주신 친구 어머니와 여동생에게 진심으로 고마울 따름이다.

춤에 몰두하는 나날을 보내던 무렵, 멤버가 '지

하 아이돌'을 하자고 권유했다. 멤버도 지인에게 권유받은 듯했는데, 나와 함께하고 싶다고 했다. 조금 망설였지만 일단 연습은 해보기로 했다. 요요기 역의 스튜디오를 빌려 심야에 연습한다고 했는데, 지하 아이돌이라는 게 있다고는 일고 있있지만 실제로 어떤 시스템인지, 연예계에서 활동하는 사람과의 차이점은 뭔지 잘 몰랐다. 그래서 어떤지 알아볼 겸 가보았다. 그 자리에서 결정할 생각은 전혀 없었고, 굳이 말하자면 하지 않으려 했다. 그런데 당시 진로를 결정하지 못했던 나는 무슨 생각에서인지 그 자리의 분위기에 취한 나머지 한다고 말해버렸다. 이렇게 말하면 잘못된 선택을 한 것처럼 들리겠지만, 결과적으로 그렇게 됐다.

일단 고등학교를 졸업하고 본격적으로 멤버의 집에서 신세를 지기로 했다. 어머니에게도 대략 상황을 설명하고 짐을 꾸리는데, 어머니가 멤버의 어머니께 드리라고 봉투를 건넸다. 안에는 멤버의 어머니에게 쓴 편지와 약간의 사례금, 그리고 나에게 쓴 편지도 들어 있었다. 옛날부터 무슨 일이 있을 때마다 편지를 써서 마음을 전한 어머니답게, 다정하게 나를 격려하는 내용이었다. 집을 떠나는 날에는 근처 역까지 배웅해주었는데, 나중에 들은 바에 의하면 나를 보낸 후에 목 놓아 우신 듯했다.

그런 이야기는 그만하고 다시 본론으로 돌아가자. 심야 연습을 시작한 지 며칠 후 패밀리레스토랑에서 매니저라고 하는 통통한 중년 여성을 만났다. 쭈글쭈글한 주름 때문에 노랗게 보이는 건지 원래 그런 색인지 판별하기 어려운 셔츠를 입고 등장했는데, 분명 목욕을 하지 않은 듯 보였다. 딱히 사람을 겉모습으로 판단하진 않는다. 하지만 이제부터 열심히 하겠다고 의욕이 넘치는 아이들의 매니저라는 사람이 정돈되지 않은 옷차림 상태로 나타난다면 누구라도 이 회사는 괜찮을까 싶은 의심이 들 것이다.

의심의 눈초리를 거두지 못한 채 식사를 주문하고 그룹에 대해 이야기했다. 그룹명을 물어보니 '7sky'라고 했다. 일곱 개의 하늘. 아주 근사한 이름이라고 생각하면서도 의구심은 떨칠 수 없었다. 7이라는 숫자는 어디에서 온 걸까? 멤버 수일까? 그런데 내가 만난 멤버는 다섯 명, 나를 포함해도 여섯이다. 점점 머릿속에 물음표가 늘어나는데, 매니저는 음식이나 뒤적이고 있었다. 나는 이유를 물어보지 않았다.

그로부터 며칠 후 오리지널 곡을 멤버 집에서 녹음하기로 했다. 기획사에 소속됐으니 스튜디오에서 녹음할 것으로 생각했기에 놀랐지만, 활동 자금이 부족하거나 돈을 아끼려는 회사는 모두 이런 식이라는 걸 활동을 시작한 후에 알았다. 그 회사가 전자인지 후자인지 아직도 미스터리지만, 나는 전자이길 바란다.

활동 자금이 많지 않았기에 노래는 멤버의 자작곡이었고, 안무는 리더가 짰으며, 이벤트 전단지 등에 사용하는 아티스트 사진은 매니저의 카메라로 찍었다. 모든 게 처음 하는 일투성이라 어떻게 해야 좋을지 몰랐다. 나는 꿈이었던 아이돌 활동을 할 수 있다는 생각에, 의구심은 접어두고 활동에 전념했다.

무사히 쇼케이스 무대를 끝내고 오프라인 모임과 팬 이벤트 등을 개최하면서 아이돌 활동을 즐겼다. 물론 아이돌 활동만으로는 생활이 불가능해서 일용직 아르바이트 파견회사에 등록했고, 연습과 스케줄이 없는 날은 아르바이트를 했다. 일용직이 아닌 아르바이트도 할 수 있었지만, 연습과 아이돌 활동에 지장을 받기는 싫었다. 게다가 일용직은 일주일마다 급여를 받기에 좋았는데, 저축한 돈이 없는 내게 큰 도움이 됐다. 일하는 현장은 다양했는데, 오피스나 일반 이사, 공장에서 상품을 검수하고 상자에 담는 작업, 작은 공장의 잡일 등도 했다.

어느 날, 여느 때처럼 급여를 받으러 파견회사 대합실에서 기다리는데 면접실에서 낯익은 여성이 나왔다. 주름투성이 셔츠에 특색 있는 목소리, 손에는 급여 봉투를 들고 있었다. 나는 나도 모르게 고개를 숙이고 그녀가 지나가기를 기다렸다. 그녀는 출구 근처에서 직원과 잡담을 나누고 있었다. 지금 눈앞에 일어나는 상황을 이해하려고 필사적으로 애쓰는데, 내 이름이 사무실에 울려 퍼졌다. 나는 출구를 등진 채 그대로 면접실로 향했다.

무사히 급여를 받고 면접실에서 나오려는데 밖에서 그녀의 목소리가 들렸다. 아직 잡담 중인 듯했다. 제발 다른 사람이길 바라며 문을 열었다. 왠지 나쁜 짓을 하는 것 같은 기분이 들었다. 그녀가 알아차리지 못하게 조용히 사무실을 빠져나왔다. 내가 본 여성이 누구였는지 굳이 말하지 않겠지만, 분명 내가 아는 사람이었다.

아르바이트를 하는 게 나쁜 일도 아니고 들키면 안 되는 일도 아니지만, 그녀가 누군지 확인하면 지금의 아이돌 활동은 무엇을 위한 건지 혼란스러워질 것 같아 무서웠다. 어떤 사정이 있었는지 알 도리는 없지만, 직원의 급여도 지불하지 못하는 회사에서 아이돌로서의 미래를 꿈꾸는 건 불가능했다. 실제로 그룹 활동은 곧 중단됐고, 채 반년도 지나지 않아 끝났다.

선 택

고등학교를 졸업한 해의 장마철이 되자, 지인에게서 연락이 왔다. 커버 댄스 이벤트에 나가는 프로젝트팀을 만든다고 했다. 왜 나를 선택했는지 묻자, 내가 활동하는 모습을 지켜봤다고 했다. 그때나는 아이돌 활동이 끝나 춤출 곳이 사라진 상태였다. 기쁜 나머지 바로 수락했다. 그룹 채팅방에초대받아 들어가니, 나와 연락한 지인 외에 네 명이 더 있었다. 한 명은 커버 댄스 이벤트에서 본 적이 있었고, 또 한 명은 처음 본 사람, 나머지 두 명은 놀랍게도 7sky 멤버였다. 모두 춤출 무대가 그리웠던 것이다. 놀라긴 했지만 마음이 든든했다.

'가라가라헤비(방울뱀)'라는 이름으로 출연한 이벤트는 성공적으로 끝났고, 무대가 그날 하루뿐인 탓인지 우리를 보러 100명 이상의 팬이 와주었다. 당시 커버 댄스 이벤트에서 특정 그룹을 보기 위해 100명이 넘게 모이는 경우는 드물었다. 주최자 측에서도 고마워했다. 솔직히 우리도 그렇게까지 많은 팬이 찾아주리라 상상도 못 했던 터라, 놀라움과 동시에 희망이 생겼다. 그래서 이벤트가 끝난 후에 그룹을 이대로 유지할지 논의했다. 그런데 전원이 그룹을 계속하는 데 찬성했다. 그 후로 주된 논의는 커버 댄스팀으로 할지, 아니면 댄스 보컬 그룹으로 자작곡을 만들어 활동할지로 넘어갔다. 멤버 전원이 같은 꿈을 꾸기도 했고, 마음 한구석에 커버 댄스팀으로 끝내는 건 너무 아깝다고 여겼다.

그러나 한 가지 문제가 있었다. 댄스 보컬 그룹으로 활동하려면 노래하며 춤을 춰야 했는데, 가창력 있는 멤버가 없었다. 치명적인 약점이었다. 즉시 우리를 불러 모은 멤버(나중에 리너가 되었디)가 남자아이 하나를 발견했다. 미국에서 음악 공부를 한 경험이 있는 실력파라고 했다. 결국 새로운 멤버로 그 아이를 맞아들였고, 완전 자체 제작 7인조 댄스 보컬 그룹으로 활동을 시작했다.

활동이 결정되자, 진행 속도는 빨랐다. 먼저 사무실 겸 공동 숙소를 확보했고, 그곳을 거점으로 숙식하며 활동했다. M스타라는 사무실 겸 숙소는 거실과 부엌이 딸린 그리 크진 않은 방이었는데, 거실은 사무실로 사용하고 방 하나에 2층 침대를 두었다. 당시 일곱 명 모두 살기에는 너무 좁아서 도쿄 근교에 집이 있는 멤버는 집에서 다니고, 나를 포함해 집이 먼 멤버는 그곳에서 복작대며 생활했다. 신출내기 밴드 같던 그때를 생각하면 청춘 그 자체였다.

리더가 경비 확보, 일 조달, 홍보 등을 전체적으로 관리하고, 보컬과 랩 멤버는 음악과 관련한 전반적인 일, 댄스 멤버는 안무 등을 담당했다. 나는 덕후 경험을 살려 굿즈나 앨범 디자인 등을 맡았다. 동영상 편집을 할 수 있던 리더 덕분에 멤버들이 점점 실력을 갈고닦는 모습과 와자지껄한 일상을 그대로 유튜브에 올렸다. 활동을 시작하고 1년 정도는 커버 댄스를 주로 했지만, 언더그라운드에서 활약하는 래퍼나 가수가 출연하는 이벤트, 야외 행사에도 출연했다. 장르를 불문하고 폭넓은 팬층을 확보하기 위한 전략이었다.

그렇게 팀을 결성한 지 1년, 시행착오를 거쳐 서서히 늘어나는 팬덤을 한층 키우기 위해 마침내 우리의 진짜 목표인 자체 제작 CD를 발매했다. 자체적으로 제작했지만, 방송국의 CM을 제작할 만큼 유명한 아오야마의 스튜디오에서 전문 사진가의 손으로 앨범 재킷을 촬영했다. 번쩍번쩍 터지는 플래시가 나를 향한다고 느끼면서 연예인에 한발 다가간 기분이 들어 뿌듯했다.

완성한 CD 2,000장은 라이브 활동을 하면서 완판했다. 옛날 〈아사얀〉이라는 방송에서 모닝구무스메가 데뷔를 위해 직접 CD 5만 장을 완판한 데 비하면 발끝에도 미치지 못하지만, 그럼에도 착실하게 연예계를 향한 계단을 오르는 것 같아 빨리 데뷔라는 출구 너머를 보고 싶어졌다. 그 무렵에는 케이팝 아이돌이 되고 싶다는 생각보다는, 이 그룹의 가능성에 더 강하게 미래를 걸고 싶어졌다.

그 후에도 두 번째 싱글을 제작하고 단독 라이브를 여는 등 반년간 열심히 달렸다. 그렇게 정신

없이 활동하는 사이, 멤버들끼리 점차 방향성이 달라지기 시작했다. 자체 제작인 만큼, 그룹에 대한 헌신도나 목표가 달라지는 건 그룹의 존폐로 연결되었다. 연습 태도가 불량하거나 스케줄 관리에 실패하는 멤버가 생겼고, 팀으로서도 숨을 돌릴 필요가 있다는 이야기가 나왔다. 나도 스무 살을 앞두고 인생의 방향성을 고민하는 시간이 늘었는데, 스무 살까지 하고 싶은 일에 도전하지 않으면 도전할 기회는 두 번 다시 찾아오지 않고 인생을 바꿀수 없다고 생각했다. '스무 살'이라는 근대사회의 거대한 단계가 나에게 불안과 초조함을 불러일으켰다. 좋든 싫든 움직일 수밖에 없었다.

인생에서 마지막 도전을 하고 싶다.

나는 진심으로 그렇게 생각했다. 10대의 소년이 20대라는 가시밭길에 발을 들여놓아야 하는 시기인 만큼 누구나 나와 비슷한 불안이나 고뇌를 안고 있을 터였다. 실제로 이 시기의 선택이 인생을 최종적으로 결정하는 일은 거의 없다. 그러나 이 당시에 선택하면서 경험하고 느낀 것이 인생에서 엄청나게 큰 영향력을 지닌 건 분명하다. 그래서 그 나이에는 수 없이 고민한다. 그렇게 고민한 끝에 자신을 믿고 자신에게 맡길 수 있다고 생각한다.

당시의 나도 고민한 끝에 결국 그룹을 탈퇴하고 일본을 벗어나기로 했다. 한국에 가서 꿈이던 케이팝 아이돌이 되고 싶었다. 되지 못한다고 해도 도전하고 나서 포기하자. 그렇게 생각할 만큼 나 자신을 믿고 싶었는지도 모른다.

가장 가까운 사람의 설득

2015년 여름, 나는 가족을 불러 모았다. 내가 앞으로 할 도전을 털어놓기 위해서였다. 그때까지 도쿄에서 댄스 보컬 그룹으로 활동한다는 사실은 가족 모두 알고 있었고 응원했기 때문에 내가 앞으로 도전하려는 일도 당연히 이해해주리라 생각했다. 하지만 내가 꿈을 좇아 해외로 간다고 할 줄은 아무도 상상하지 못했을 것이다.

솔직히 경제적인 여유가 있었다면, 아무 말도 하지 않고 해외로 나간 뒤 통보하고 말았을 것이다. 그럴 만큼 빨리 움직이지 않으면 안 된다는 초조함과 설렘을 느끼고 있었다. 다만 해외에 가려면 돈이 필요했다. 더욱이 아이돌 연습생이 되면 돈을 벌기 쉽지 않다는 사실은 알고 있었기 때문에 경제적인 지원을 부탁해야 했다. 물론 처음에는 혼자서 해결할 생각이었고 그러고도 싶었지만, 아르바이트로 하루에 열여섯 시간씩 일해도 월세와 경비를 빼면 남는 게 얼마 없었다. 그래서 한국에 가서 3개월 정도 지낼 생활비밖에 모으지 못했다.

가족에게 털어놓는 날, 고향집 근처 파스타 가게에 모여 밥을 먹었다. 밥을 다 먹은 후 후식을 기다리면서 드디어 이야기를 꺼냈다.

"한국에 가서 아이돌이 되고 싶어요."

반응은 변함없이 단순했다. 지금 생각해도 지나치다 싶을 정도다. 우리 가족은 말이 많은 성격인데도 반응은 간단하다. "우와!" 혹은 "대단해!" 같은 반응을 기대했는데 첫 반응은 "비용은 어떻게 할 생각인데?"였다. 어머니만이 다른 말을 했는데 그것도 반대 의견이었다. 외국에 간다고 하니 걱정스러웠을 테다. 우선은 가족 모두 일본을 벗어난 적이 없어서 한국이라는 나라에 대해 설명했다. 그리고 한국의 연예계 시스템이 어떻고 돈을 어떻게 변통하려는지, 마지막에는 경제적인 도움을 부탁했다. 결국 한국에 가는 일을 찬성해주지 않아서 나중에 몇 번이고 다시 부모님과 누나에게 따로 꿈을 설명하고 도움을 부탁해야 했다.

어찌 됐든 나는 비행기 티켓을 끊어놓았기 때문에 긍정적인 대답을 듣지 못해도 한국에 갈 생각이었다. 답은 이미 정해져 있었으므로, 금전적으로 어려움을 겪어도 후회하지 않겠다고 생각했기 때문이다. 그런 각오가 전해졌는지, 마지막에는 가족에게 승낙을 얻었다. 한 달에 2~3만 엔 정도 집세를 낼 돈을 확보할 수 있었기에 정말 고마웠다. 이 경험 때문만은 아니지만, 굳센 결심과 이루겠다는 마음을 품고 있으면 앞으로 나아갈 수 있다는 걸 배웠다.

나는 데뷔한 후에 "꿈이 있는데 부모님이 반대해서 포기할까 망설이고 있습니다", "도전하고 싶은 일이 있는데 용기가 나지 않습니다. 어떻게 하면 좋을까요?"처럼 조언을 구하는 메시지를 받곤 한다.

이렇듯 주위의 반대로 하고 싶은 일에 도전하지 못하거나 꿈을 포기한 사람이 많다. 가정환경에 문제가 있거나 가업을 잇기 위해, 신체적인 문제 등 저마다 이유는 다르지만 대부분 주위의 강압으로 꿈을 행동으로 옮기지 못하는 듯하다.

나도 학생 때부터 예체능을 제대로 배우지 못했고, 꿈을 위한 경제적인 투자는 혼자 힘으로 해결해야 했다. 그러나 비교적 하고 싶은 일을 내 마음대로 했기에 부모의 철저한 계획에 따라 미래가 결정된 사람의 괴로움을 완전히 이해할 수 없을지도 모른다. 그렇지만 꿈에 대한 염원은 누구나 마찬가지일 것이다. 그러니 주변에서 반대할 때마다 내 편은 없다는 생각이 들어 괴로워하거나 포기하고 싶어지는 심정은 잘 안다.

그렇기에 꼭 전하고 싶은 말이 있다. 나라는 존재를 누군가에게 납득시키는 것이 꿈을 이루기 위한 첫발이라는 점이다. 그리고 꿈을 이루는 건 가장 가까이 있는 사람을 설득하는 것보다 몇 배, 몇십 배는 더 힘이 든다. 나는 나라는 존재를 표현하고 전달하는 특수한 일을 하고 있지만, 회사에 취직하려면 자신의 능력과 가능성을 회사 사람들에게 설득하고 납득시켜야 입사할 수 있고, 작가가 되려면 자신이 쓴 원고로 출판사와 독자를 납득시켜야 한다.

운이 따라야 한다고 말하는 사람도 있는데, 노력하지 않으면 운도 찾아오지 않는다고 생각한다. 반대로 말하면, 운을 핑계 삼는 사람은 노력조차 하지 않는 셈이다. 내 꿈을 이해하는 사람이 늘어날수록 작은 가능성이 점차 커져서 언젠가는 큰 꿈을 이룰 수 있다. 누구나 그 가능성은 지니고 있으며, 이를 크게 키울지 말지는 자기 자신에게 달려 있다. 그 첫 움직임이 가장 가까이 있는 사람을 설득하는 것이다. 이 또한 꿈을 이루기 위한 연습이다.

꿈이 있는 사람은 누군가를 설득할 만큼 노력하고 있는지, 꿈과 목표가 무엇인지 모르는 사람은 다른 사람을 납득시킬 일을 찾기 위해 스스로 노력하고 있는지, 돌아볼 필요가 있다.

각오

돈이 없다. 이것은 우리 집의 암호였다.

어머니는 무슨 일이 있을 때마다 돈이 없다고 했는데, 곧 "그 이야기는 여기서 끝"이라고 매듭 짓는 마침표 같았다. 아이는 부모가 하는 말에 민감해서 그 말을 들으면 더 이상 이야기를 이어갈 수 없다.

돈이 전부는 아니라는 말은 자기계발서에 자주 등장한다. 이는 본질적으로는 옳다고 생각한다. 그렇지만 지금의 세상은 돈이 없으면 할 수 없는 일이 대부분이다. 그러니 돈의 지배를 받는다고 느끼는 것도 잘못된 생각은 아니다. 둘 다 틀린 말은 아니며 관점이 다를 뿐이다. 그러나 굳게 각오하면 돈 따윈 아무래도 상관없다. 따라서 돈이 인간을 지배하는 것이 아니라 인간이 만든 사회가 인간을 지배한다. 이 사실을 깨닫고 돈과의 거리를 잘 유지하는 사람이 행복해지고 꿈을 이룬다.

이 사실을 깨닫기까지 시간이 걸렸지만, 지금 생각하면 어머니의 돈이 없다는 마인드 컨트롤에 휘둘려 마음까지 가난해져서 '나는 안 된다'는 자기부정의 굴레에 갇혔던 게 아닐까? 하지만 결국 돈 때문에 불행하다거나 아무것도 할 수 없지는 않으며, 인생을 걸고 각오할 수 있는가 여부로 인생은 좋은 방향이나 나쁜 방향으로 변해간다.

내가 도쿄에서 활동했을 때, 완전 자체 제작이었기 때문에 활동이 바빠지고 일이 늘어나면 당연히 내부의 일(회계나 기획 등)도 늘어났다. 하지만 실제 순수익은 그리 많지 않아서 아르바이트를 하지 않으면 생활할 수 없었다. 활동을 주업으로 생각하면 아르바이트를 할 수 있는 시간이 불규칙한 데다 세 시간 정도였다. 그래서 한 달에 수입이 4만 엔밖에 되지 않아 휴대전화 요금도 내지 못해서 패스트푸드 매장의 와이파이를 사용하던 때도 있었다. 그 정도로 여유가 없었다.

끼니를 거르는 횟수가 늘어난 나머지, 신주쿠의 알타 건물 앞에서 현기증이 나 쓰러진 적이 있었다. 많은 사람이 오가는 신주쿠 한가운데 셔터가 굳게 내려진 건물 앞에서 쓰러진 나에게 말을 거는 사람은 아무도 없었다. 나의 노력과 현실은 너무나 동떨어져 있었다. 아무리 노력해도 목표에 다가가지 못하는 나날이 늘어가면서, 한계를 넘었는지 눈물이 흘렀다. 만약 내가 유명한 가수였으면 사람들이 아는 척했을까, 내가 대통령이라면 누군가가 바로 손을 내밀어주었을까? 만약, 만약, 만약……. 머릿속을 맴도는 '만약'으로 인해 내가 아무것도 아니라는 현실을 깨달았다.

동시에 한 가지 생각이 움넜다. 대단한 사람이 되겠다는 각오였다. 반드시 '거물'이 되어 지금 눈앞을 지나치는 사람들보다 행복해지자, 그리고 멋지게 되돌려주자고 스스로 다짐했다. 지나치는 사람들은 내게 아무것도 해주지 않았다. 그래서 분했다. 아직 사람들의 눈길도 끌지 못하는 나의 가치를 스스로 만들지 않으면 안 된다고 생각했다.

Chapter 2.

찰나, 그리하여 궤적

화려한 오디션

2015년 12월 29일, 나는 캐리어를 끌고 한국에 왔
다. 도착했을 때 서울에는 비가 내리고 있어서 흠
뻑 젖었다. 한국에는 고시원이라는 거주 형태가 있
는데, 첫 달 월세를 미리 내면 누구나 바로 방을
빌릴 수 있다. 주로 지방에서 올라온 수험생이나
외국인이 머무는 곳으로, 1~2평 정도 되는 방과
공용 공간이 있다. 집집마다 다르지만 내가 살던
곳은 화장실과 샤워실, 세탁기가 공용이었다.

한국에 왔을 때 "안녕하세요"와 "감사합니다"

밖에 몰랐기에 고시원 근처에 있는 한국어학원에 다녔다. 당시 글로벌 오디션을 개최하는 곳은 대형 기획사 정도여서, 중소 기획사의 경우에는 주나 달마다 열리는 오디션에 참가하든지 메일로 지원해야 했다. 물론 외국인이라고 해서 특별내우를 해주지는 않았다. 한국말을 모른다고 해서 친절하게 설명해주지도 않았다. 그래서 알아듣지 못하면 순서를 건너뛰기도 했다. 우선 한국말을 배울 필요가 있었다.

두 달 동안, 학원을 다니며 한국어 기초를 공부하면서 오디션을 받았다. 수많은 기획사의 오디션에 지원했다. 같은 기획사의 오디션에 몇 번이나 지원한 적도 있었고, 정체를 알 수 없는 허름한 기획사에도 갔다. 그런데도 좀처럼 쉽지 않아서 오디션은 전부 떨어졌다. 모조리 떨어진 것이다.

한 기획사에 메일을 보냈는데, 오디션을 보자는

연락이 왔다. 긴장하며 한국어 자기소개와 노래와 춤을 준비했다. 기획사에 도착하자 신인개발팀 직원이 연습실까지 안내했다. 연습실 바로 옆에 헬스장이 붙어 있어서 유리 너머로 누가 있는지 보였다. 소속 아티스트인 듯한 여성이 실내자전거를 타면서 운동하는 모습이 보였다. 가볍게 인사하고 기다리는데, 담당자 두 명이 연습실에 들어왔다.

점점 더 긴장이 됐지만 씩씩하게 인사했다. 둘 중 여성은 받아주었지만 남성은 싸늘하게 무시했다. 그러려니 했다. 하라는 대로 카메라를 향해 인사하고 노래를 불렀는데, 남성은 단 한 번도 나를 보지 않고 휴대전화만 들여다보고 있었다. 노래의 인트로가 흐르고 춤을 보여주려는 순간, 남성은 아무 말 없이 자리를 떠났다. 해리 포터의 스네이프 선생님 같은 화려한 퇴장이었다. 여성 담당자도 됐다고 말했고, 오디션은 끝났다. 결과는 예상한 대로였다.

이 기획사만 그랬으면 좋았겠지만 대체로 그런 식이었다. 하지만 오해하지 않길 바란다. 기획사가 나쁘다거나 모든 기획사가 그랬다는 게 아니라, 어디까지나 나의 부족한 실력 탓이었다. 오디션은 냉정했고, 그게 사실이었다. 게다가 오디션이 끝나고 돌아가는데 치명타를 가하듯 차갑게 휘날리는 눈보라가 나의 마음을 한층 얼어붙게 만들었다.

새삼 되돌아보면, 분명 나에게 매력을 느꼈다면 모두 나를 쳐다보았을 테다. 지금 내가 그 기획사를 찾아가면 그런 태도는 보이지 않을 거라고 확신한다.

단 한 명의 연습생

한국에 온 지 두 달이 지났을 무렵, 아는 분에게 연락을 받았다. 당시 한국에 몇 명 없던 일본인 케이팝 아이돌인 레나였는데, 댄스 보컬 그룹의 리더와 친구였다. 레나는 내가 케이팝 아이돌이 되게끔 해주었다고 해도 과언이 아닐 만큼 고마운 사람이다. 레나는 내게 댄스를 가르쳐달라고 했고, 나는 레나의 기획사에서 춤을 가르치기로 했다.

나는 댄스 스튜디오를 빌리는 방법도 몰라서 한겨울 영하의 추위로 얼어 죽을 것 같으면서도 야

외에서 춤 연습을 하고 오디션을 보러 다녔다. 그래서 거울 앞에서 춤을 출 수 있다는 사실이 너무 기뻐서 펄쩍펄쩍 뛰었다. 기획사는 집에서 전철로 50분 걸리는 곳으로, 역에서 내려서 15분을 더 걸어야 했다. 서울 시내지만 자연을 느낄 수 있는 거리였는데, 하천 길을 산책하는 사람들을 곁눈질하며 서둘러 향했다.

기획사에 도착해서 춤을 가르치는데, 기획사 실장이라는 키 큰 남자가 나타났다. 레나가 실장에게 나를 소개하자, 오디션을 받아보지 않겠느냐고 물었다. 오디션에서 탈락의 고배만 마시던 나에게는 놀랄 만큼 고마운 이야기였다. 꼭 오디션을 보고 싶다고 말하자 춤을 보여달라고 했다. 언제 보여줄지 묻자, 당장 보여달라고 했다. 설마 그 자리에서 오디션을 보리라고는 예상하지 못해서 놀랐지만, 다른 기획사의 오디션을 보기 위해 준비했던 노래에 맞춰 춤을 추었다.

실장은 레나와 이야기를 나누더니, 내일부터 나오라는 말을 남기고 스튜디오를 나갔다. 합격했으니 내일부터 회사에 나오라는 말인 듯했다. 내 생각은 물어보지도 않았다. 하지만 일본인 특유의 거절하지 못하는 성격 탓에 받아들였다. 거절할 마음은 없었지만, 고민할 시간은 필요했다. 이렇게 나는 일본인 연습생으로 케이팝 아이돌에 한발 다가섰다.

다음 날, 시간에 맞춰 기획사로 가자 레나가 회사를 안내해주었다. 책상이 두 개 놓인 사무실과 보컬 연습실, 댄스 연습실, 창고뿐이어서 돌아보는데 2분도 걸리지 않았다. 댄스 연습실에 들어가기 전에 레나는 반년 전에 온 연습생이 한 명 있으니 앞으로 그와 같이 연습하면 된다고 했다. 연습실에 들어가니, 남자 한 명이 넓은 연습실 한쪽에 놓인

피아노를 치고 있었다. 이름은 민수, 나보다 두 살 위였다. 한국은 나이를 중시하는 문화가 있어서 나이가 많은 사람에게는 이름 뒤에 존칭을 붙여 부른다. 남자는 형을 붙이므로, 민수 형이라고 불러야 했다. 물론 처음 만난 사람에게는 '씨'나 '님'과 같이 일본말 '상'에 해당하는 존칭을 붙이는 것이 일반적이지만, '형'이라고 부르는 편이 가까운 느낌이 들어서 나는 민수 형이라고 부르기로 했다. 그날부터 나와 단 한 명의 연습생 동료인 민수 형과의 연습생 생활이 시작됐다.

연습생은 어떤 생활을 할까? 많은 연습생과 함께 밤낮으로 빡빡한 레슨을 받고, 매월 월말 평가를 받고, 계약을 해지당할 가능성도 있는 서바이벌 프로그램 같은 환경을 상상하는 사람이 많을 것이다. 리얼리티 방송 등을 보아도 땀과 눈물을 흘리고 고뇌하며 열심히 노력하는 연습생의 모습을 볼 수 있다. 하지만 대형 기획사 혹은 자본금이 충분한 기획사에서만 볼 수 있는 광경이다.

내가 들어간 기획사를 포함한 소규모 기획사는 자본금을 확보하기 어려워서 제대로 레슨을 받기 어려운 곳이 많다. 한국의 엔터테인먼트업계도 일본과 마찬가지로 소형 기획사가 많다. 특히 그 기획사는 보이그룹을 만들 계획이 없었기 때문에, 매일 내가 알아서 계획을 짜고 연습했다. 민수 형은 이 기획사에 들어오기 전에 일본에서도 유명한 가수가 속한 기획사에서 밴드 연습생을 했기 때문에 노래를 잘했다. 나는 친구와 노래방에서 불러본 실력밖에 되지 않았다. 일본에서도 퍼포먼스 담당이었기 때문에 노래할 기회가 거의 없었다. 그래서 나는 민수 형에게서 노래와 한국말을 배우고, 그 대신 민수 형에게 춤을 가르쳐줬다.

매일 회사에 출근하면, 입에 연필을 물고 벽에

붙어 있는 한글 발음표를 읽는 것부터 시작했다. 민수 형에게 점검받으며 하나씩 정성 들여 읽었는데, 발성 연습을 겸해서 복식으로 끌어 올려 크게 읽었다. 그래서 회사 직원이 시끄럽다며 화를 낸 적도 있다. 한국말을 잘할 수 있게 노력하라면서, 잘하기 위해 노력했더니 시끄럽다고 화를 내다니. 모순이었다. 그때는 죄송하다며 주의하겠다고 말했지만, 어른들의 모순에 반항하는 항의의 표시로 더 큰 목소리로 연습했다.

발성 연습이 끝난 후에는 노래 연습이 이어졌다. 한국어 발라드나 가요를 중심으로 노래의 기초를 배웠다. 특히 일본어 발성과 한국어 발성은 기초부터 달라서 한국어 노래를 부를 때면 논리적으로 이해해야 했다.

여담이지만, 민수 형은 일본어를 못 했고 나는 한국어를 거의 못 했기에 두 사람의 커뮤니케이션 방식은 반은 몸짓이었다. 그리고 민수 형이 천천히 말하면 내가 열심히 꿰맞춰 알아듣는 식이었다. 한국의 문화와 예절도 민수 형이 몸소 보여주면 내가 흉내 내면서 배웠다. 내 서툰 한국말을 귀 기울여 듣고 한국말과 노래, 기초 예절을 가르치는 일은 상당한 부담과 스트레스가 따르는 일이었을 텐데도, 항상 친절하게 가르쳐준 민수 형에게 새삼 감사드린다.

어쨌든, 노래 연습이 끝난 후에는 춤 연습을 했다. 민수 형은 춤을 춰본 적이 거의 없어서 기초부터 연습했다. 아이솔레이션이나 스트레칭부터 시작해서, 노래를 연습하고 동영상을 찍었다. 이렇게 서로 잘하는 분야를 상대에게 가르쳐주며 나름대로 열심히 노력했다.

솔직히 소속사에 불만도 있었다. 기획사의 연습생은 '연습생 계약'이라는 계약서를 쓴다. 기획사에서 레슨을 받은 연습생을 다른 기획사에서 데려가지 못하게 하는 것인데, 나는 기획사에서 아무 지원도 받지 못하고 계약 때문에 다른 기획사의 오디션조차 받지 못하는 상태였다. 불만이 없을 수가 없었디. 처음에 제대로 확인하시 잃았던 나노 잘못이지만, 한국말도 서툰 데다 시스템도 잘 모르는 외국인이 계약 내용에 문제가 없는지 판단하는 건 초등학교 1학년에게 대학 수능을 치라고 하는 것과 마찬가지가 아닐까.

그렇지만 계약한 이상 어쩔 수 없었다. 어떻게 하면 좋을지 고민한 끝에, 지금의 환경에서 내가 할 수 있는 한 최선을 다하기로 했다. 매일 새로운 발견으로 넘쳐났다. 점차 한국말이 늘면서 대화를 나눌 수 있었고, 한국과 일본의 문화 차이를 깨닫고 놀라며, 노래하고 춤출 수 있다는 데 고마움을 느꼈다. 지금 상황에서 어떻게든 해보자는 마음이 들었다.

그 후로도 반년을 민수 형과 둘이 매일 연습에 매진했다. 춤과 노래 경험도 없고 연예계에도 흥미가 없는 투자가의 아들이 연습생으로 들어왔다가 한 달도 지나지 않아 나갔고, 레나가 속한 그룹의 새로운 멤버와 함께 연습하다가 그도 곧 사라졌다. 모두 얼마 안 가 그만두는 걸 보고, 기획사가 이상하다는 사실을 어렴풋이 느꼈다. 앞으로·어떻게 해야 할지 진지하게 고민하기 시작했다. 민수 형도 똑같은 고민을 했는지 그 무렵부터 쉬는 날이 많아지더니, 이윽고 모습을 볼 수 없었다. 이렇게 나는 그 기획사에 하나뿐인 연습생이 됐다.

그러던 어느 날, 갑자기 회사 연습실에 들어갈 수 없었다.

사 라 진   연 습 실

가을이 끝나가던 어느 날, 여느 때처럼 회사로 향했다. 회사는 건물 지하에 있어서 계단을 내려가야 하는데, 셔터가 닫혀 있어서 들어갈 수 없었다. 무슨 상황인지 몰라서 실장에게 전화를 걸었더니, 회사에 문제가 생겼다고 했다. 생각지도 못한 일이었다.

무슨 상황인지 이해가 가지 않았다. 나도 대표에게 직접 연락해서 상황을 설명해달라고 했지만, 말끝만 흐릴 뿐 명쾌한 대답이 돌아오지 않았다.

나는 좁은 고시원에 살고 있었기 때문에 겨울옷이나 평소 사용하지 않는 부피가 나가는 물건은 회사 창고에 보관했다. 실장과 레나도 똑같이 연습복과 신발 등 개인 물품을 휴게실에 놓아두었던 탓에 다들 어쩔 줄 몰랐다. 갑자기 이런 상황에 부딪혀 충격을 받기도 했지만, 그보다는 어쩌다 회사에 문제가 생겼는지, 짐은 어떻게 되는지 아무것도 알려주지 않아서 불신과 분노의 감정이 커졌다.

냉정히 생각하니, 그것보다 더 급한 일이 떠올랐다. 회사 창고에 있는 겨울옷 없이 어떻게 겨울을 날지 걱정이었던 것이다. 당시는 제대로 밥을 챙겨 먹을 경제적 여유가 없어서 고시원에서 제공하는 밥과 김치로 버텼기 때문에, 아무리 싸도 20만 원은 하는 다운재킷을 새로 살 수도 없었다. 그런 나를 비웃듯 시시각각 겨울이 다가오고 있었다.

해가 지면 하얀 입김이 피어오를 정도로 기온이

떨어져서 서둘러 해결하지 않으면 외출도 하지 못할 상황이었다. 한겨울 서울에서 얼어 죽는 상황만은 피하고 싶어서 레나와 의논했다. 그러자 레나가 입지 않는 옷을 주겠다고 했고, 다음 날 봉투 한가득 옷을 받았다. 확인해보니 운동복과 가볍게 설칠 수 있는 겉옷 몇 벌과 모자 등도 들어 있었는데, 모두 여자 옷이어서 팔을 쭉 뻗으면 깡총해졌다. 입지 못하는 옷은 버려도 된다고 했지만, 하늘이 내려준 것과 같은 고마운 옷을 버리면 천벌을 맞을 것 같아 감사하게 입었다.

그로부터 일주일 정도 지났을까? 대표는 여전히 이렇다 할 설명도, 연락도 없었다. 그래서 창고에 있는 짐을 돌려받을 수 있는지, 회사는 어떻게 될지 상황을 설명해달라고 연락했다. 그랬더니 직접 만나서 이야기하자며 사무실 주소를 보냈다. 사무실은 1층에 편의점이 있는 강남역 번화가 건물의

맨 위층에 있었다. 안으로 들어가자, 녹음실 부스와 방 몇 개가 있고 거울이 있는 댄스 연습실도 있었다.

그때쯤 대표가 하고 싶은 말은 짐작했지만, 나는 우선 짐을 찾고 싶다고 말했다. 그러자 짐은 어떻게든 할 테니 기다리라고만 했다. 당장 두꺼운 옷이 필요하다고 하자, 대표는 다운재킷을 준비해주겠다고 했다. 그리고 사무실을 이곳으로 옮기고 회사 이름도 바꿀 거라고 말했다. 그날은 그렇게 끝났다.

성인이라면 이게 어떤 상황인지 바로 이해할 수 있을 것이다. 당시 나는 새로운 회사명에 내가 좋아하는 단어가 들어갔다고 기뻐하기만 했다. 그때 어떤 상황인지 온전히 이해했다면 그 이후의 삶은 달라졌을 거라고 생각한 적도 있지만, 앞으로의 인생을 생각하면 좋은 경험이었다고 생각한다. 여전히 찾지 못한 내 짐이 내 곁을 떠나 몸이 가벼워졌고, 그 후 멋진 선물이 날아든 걸 생각하면 그 역시 좋은 일이었다.

크리스마스 선물

한국에 온 지 1년이 지났다. 부모님에게 생활비를 받은 지도 반년이 넘어가면서, 언제까지 한국에 있을 셈인지 묻는 횟수가 늘었다. 회사의 앞날도 불투명했고 이대로 한국에 있어도 데뷔할 수 있을지 분명하지 않아서 일본으로 돌아갈까 말까 고민이 늘었다. 결국 돌아가더라도 후회가 남지 않도록 마지막 석 달만 최선을 다해보고 돌아가자고 결심했다.

마음을 정리했더니, 연습이 즐거워졌다. 어차피

일본으로 돌아간다고 해도 한국말이라도 잘하고 싶어서 공부에 힘을 쓸 무렵, 친구에게 연락이 왔다. 한국의 방송국에서 오디션 프로그램에 나갈 연습생을 찾고 있다는 것이었다. 한국 기획사에 소속된 연습생 101명이 데뷔를 목표로 경쟁하는 내용인데, 내가 한국에 건너온 직후에 걸그룹을 대상으로 하는 시즌 1이 방송되어 재미있게 보았다. 연습생 신분이라는 앞이 보이지 않는 상황에서도 목표를 향해 절차탁마하는 모습을 보며 공감도 되고 용기를 얻었다. 그래서 다음에 이런 프로그램이 있다면 나도 나가고 싶다고 결심했다.

알려준 친구에게 고맙다고 인사하고는, 회사에 방송에 나가고 싶다고 말했다. 물론 방송에 출연하기 위해서는 오디션을 봐야 했는데, 시즌 1이 인기가 있었던 만큼 몇천 명이 지원한 듯했다. 그중에서 방송에 출연할 101명을 선발한다니 결코 쉬운 일이 아니었다. 하지만 이 기회를 놓치면 후회할 것만 같아서 무조건 나가고 싶다고 회사에 간청했다.

얼마 지나지 않아, 오디션이 정해졌다. 3차 심사까지 있었다. 10여 명의 방송 프로듀서와 방송작가 앞에서 노래와 춤, 특기 등을 선보였다. 왜 나가고 싶은지, 어떤 가수가 되고 싶은지 하는 질문에도 답했다. 오디션에 합격하지 못하면 일본으로 돌아가겠다고 각오한 데다 꿈에 대한 바람이 강한 나머지, 긴장감에 손발이 덜덜 떨렸다. 잘했는지 어쨌는지 몰라도, 최선을 다했다. 결과가 어떻든 후회는 없었다. 오디션에 합격하면 실장에게 연락이 온다고 해서, 일단 일본으로 돌아가기로 했다. 회사에는 휴가라고 했지만, 합격 통지가 오지 않으면 한국에 돌아오지 않을 수도 있었다.

2016년 12월 25일, 나는 일본에서 아버지 친구가 고향에서 운영하는 바에서 일하고 있었다. 그날도 가게를 열기 위해 준비하고 있었다. 크리스마스였기에 손님이 많을 참이었다. 테이블을 닦고 있는데 휴대전화가 울렸다. 실장에게서 온 전화였다. 실장은 미안해하는 목소리로 "안됐지만 떨어졌다"라고 말했다. 후회는 없었다. 내심 기대하면서도 어깨의 짐을 내려놓은 듯한 기분이 들었다.

"그렇습니까? 잘 알겠습니다."

나는 곧 한국으로 돌아갈 생각이 없다고 말하려 했다.

"합격했어, 켄타. 농담이었어."

실장이 쿡쿡 웃으며 말했다. 나는 무슨 말인지 이해가 안 됐다. 내가 의기소침할까 봐 농담하는 줄 알았다.

"괜찮습니다. 위로해주셔서 고맙습니다."

그러자 실장이 당황한 목소리로 말했다.

"거짓말이 아니야. 정말 합격했어. 축하해."

거짓말이 아닐까 하는 불안과 기쁨이 뒤섞인 목소리로 나는 몇 번이나 진짜인지 되물었다.

평범하지 못한 환경에서 자라면서, 나는 무언가에 도전하고 싶다고 생각하면서도 '나는 안 돼'라며 스스로 깎아내리면서 먼 길을 돌아왔다. 그런 내가 한국에 건너간 지 1년, 이번에 안 되면 꿈을 포기하겠다며 마지막으로 도전한 오디션에서 합격한 것이다. 안개로 가려진 꿈을 향한 길에 한 줄기 빛이 비쳤다.

101자리의 피라미드

서바이벌 오디션 프로그램 〈프로듀스 101〉이라는 프로그램은 일본에도 방영되었다. 2016년 한국의 방송국 엠넷에서 제작했다. 시즌 1이 방송된 후 사회현상이 될 만큼 인기가 높아서 시즌 4까지 제작됐고, 세계적으로도 인기가 높아서 중국이나 일본 등에서 판권을 사서 제작하고 방송했다. 일본판 합격자로 구성된 그룹 JO1과 INI는 해외에서도 큰 인기를 얻었다.

한국은 서바이벌 오디션 프로그램 붐이 일면서,

트로트나 랩, 댄서, 프로듀서, 피지컬 최강자를 뽑는 방송까지 제작된다. 서바이벌 프로그램이 방송되지 않을 때가 없을 만큼 텔레비전이나 인터넷에서 자주 볼 수 있다. 프로그램 참가자는 지명도나 인기를 얻을 수 있고, 연예기획사를 통해 데뷔하는 예전 방식보다 가능성이 높다고 여겨 출연을 결정하는 사람도 많다. 일본에서도 케이팝 열풍과 더불어 이러한 프로그램이 유행했다.

예전에도 이런 프로그램은 있었다. 그런데 왜 이렇게까지 서바이벌 오디션 프로가 인기일까? 시청자가 직접 투표할 수 있는 시스템을 도입하면서 아티스트가 목표를 향해 노력하는 모습에 팬이 감정이입하기가 쉬워졌기 때문이다. 이런 시스템은 2000년대 일본의 아이돌업계에도 있었는데, 케이팝과 더불어 역수입되면서 일본에서도 붐을 일으켰다.

나는 운이 좋게도 서바이벌 오디션 붐의 도화선이 된 〈프로듀스 101〉의 시즌 2에 출연할 수 있었다. 프로그램의 메인 MC는 아시아의 별로 불리는 보아였고, 유명인이 참가해 댄스와 춤과 랩을 심사했했다. 촬영은 아직 추운 2월 하순, 서울 외곽에서 열렸다. 도착하자마자 휴대전화 등의 전자기기를 제출한 뒤 대기실로 이동했다. 소속 기획사별로 차례대로 스튜디오에 들어갔는데, 나는 혼자였다. 101개의 숫자가 적힌 의자가 피라미드처럼 늘어서 있었다.

피라미드 정상에는 '1'이라고 적힌 의자가 반짝반짝 빛나고 있었다. 어느 의자에 앉을지는 자유였는데 나는 '11'이라고 적힌 의자에 앉았다. 최종 합격자 수가 11이었기 때문에 마지막까지 살아남고 싶었기 때문이다.

첫 번째 미션은 프로그램 주제곡의 센터를 결정

하는 것이었다. 먼저 연습생이 각자 준비한 퍼포먼스를 심사위원에게 선보이면 ABCDF의 5단계로 분류했다. 나도 큰 무대에 섰던 경험은 있었지만, 100명의 연습생과 심사위원 앞에서 퍼포먼스를 선보이고 평가받는 건 처음이었기 때문에 굉장히 긴장했다. 게다가 제작 측의 요청으로 일본어 노래도 준비했는데, 어떤 반응을 보일지, 혹평을 받지는 않을지, 무대에 오르기 전까지 불안했다.

실제로 내 무대가 시작되자 예상대로 장내가 술렁거렸다. 하지만 여기서 쭈뼛거려선 안 됐다. 이 무대를 위해 최선을 다해 준비했다는 걸 열심히 표현했다. 무대가 끝나자 나를 기다리고 있던 건 야유가 아니라 박수였다. 다행이라고 안심한 것도 잠시, 이내 질의응답이 이어졌다. 솔직히 무슨 질문을 받았는지 기억도 나지 않는다.

이때 한 가지 사실을 깨달았다. 100명의 연습

생을 아무리 둘러보아도 일본인은 보이지 않았다. 연습생 모두 이름이 적힌 명찰을 달고 있었기 때문에 일본 이름이면 금방 알 수 있었다. 그런데 아무도 없었다. 갑자기 집에 돌아가고 싶어졌다. 어떤 상황에서는 끝까지 해내겠다는 각오의 이면에는, 이제까지 혼자서 연습했고 한국말도 30퍼센트쯤 겨우 할 줄 알면서 100명의 한국인(중국인도 몇 명 있었다) 속에서 헤쳐 나갈 수 있을 리가 없다는 불안이, 일본인이 있으면 의지할 수 있지 않을까 하는 나약한 기대가 있었던 듯하다. 하지만 나 말고 일본인이 없었던 탓에 나는 혼자 힘으로 고난을 극복하며 성장할 수 있었고, 일본의 시청자에게 유일한 일본인을 응원한다고 많은 격려를 받을 수 있었으니 다행이었다. 다만 참가가 결정되었을 때 '친구 100명이 생겼다'고 안일하게 생각한 점은 반성했다.

등급 평가 결과, 나의 등급은 C였다. 딱 중간이었다. 등급에 따라 반이 나뉘어 주제곡 연습이 시작됐는데, 이틀 후 중간평가를 실시해 다시 반을 나눈다고 했다. F나 D반 같은 하위 연습생은 평가를 만회하기 위해, A나 B반 같은 상위 클래스 연습생은 한층 가능성을 높이기 위해 필사적이었다. 센터로 뽑히는 건 A반 중에서 한 명이고, 주제곡의 뮤직비디오에 비치는 시간도 ABCDF순으로 길어지기 때문이다.

나를 포함한 C반 연습생은 딱 '중간'이었다. 가장 미묘하고 애매한 평가다. 인정받지 못했다는 느낌에 한층 더 자극받았다. 다만 열심히 가사를 외우고 노래하면서 춤을 추어도, 한국어 가사의 의미도 몰랐고 발음이 맞는지도 알 수 없었다. 별수 없이 다른 이들을 흉내 내며 연습하고 있는데, 같은 반 친구 한 명이 다가와서 "모르는 게 있으면 도와

줄까요?"하고 말을 걸었다. 모두 연습에 몰두한 와중에, 외국인인 내가 어려움을 겪을까 걱정한 것이다.

이때 나라와 나라, '중간'을 뛰어넘어 마음이 통하는 따스함을 느꼈다. 나라면 그렇게 할 수 없었을 것이다. 다들 자기 일에 필사적이라 주위 사람에게 손을 내밀 여유가 없었다. 그래서 더욱 감동했다.

중간 평가 결과는 B였다. 등급은 올랐지만 기쁘지 않았다. 센터까지는 아니라도 A반으로 가고 싶었다. 너무 속상했다. 이렇게 첫 미션을 시작으로 착실히 도전해서 최종 24위로 끝맺음했다. 결과적으로는 탈락이었지만 나는 뿌듯했다. 순위와는 별개로 진정한 의미의 '진심'을 발견할 수 있었기 때문이다.

나는 평범하지 않은 삶을 살면서 평범하게 살

고 싶었고, 그 마음이 커질수록 평범하다고 할 수 없는 연예인이라는 직업에 대한 동경도 커졌다. 그런 대조적인 마음은 무의식적으로 나를 어느 쪽에도 속하지 못하게 만들었고 애매한 결과를 초래했다. 평범하고 싶다는 생각이 강한 나머지, 나를 부정하고 모든 일에 '진심'을 다하지 못했던 것이다.

하지만 지금은 평범한 게 정답은 아니라는 사실을 안다. 평범하다는 건 정해진 조직 질서에 따라 머문 상태로, 튀는 건 나쁘다고 생각하는 사람도 많다. 한편 내가 〈프로듀스 101〉의 피라미드 꼭대기 자리를 목표로 삼았듯 사회의 피라미드 꼭대기를 지향하는 것이 정답이라고 생각하는 사람도 있다. 나는 미션을 수행할 때마다 숫자나 평범성에만 얽매여 목적이 무엇인지 잊어버리곤 했다. 그때 지금의 상황을 즐기는 것, 진심으로 즐기는 것이 중요하다고 깨달았다.

그런 의미에서 진정한 '진심'을 발견한 나는 자연히 자기 자신과 마주하는 시간이 늘어났고, 최종 순위와는 상관없이 스스로 분명한 결과를 얻었다. 물론 아쉬움은 있었지만, 그것까지 포함해 뿌듯함을 느꼈던 것이다.

프리 데뷔

서바이벌 오디션 프로그램의 장점이자 단점은 참가자가 연예계를 체험할 수 있다는 점이라고 생각한다. 유명한 음악 프로듀서가 작곡한 노래와 인기 안무가가 창작한 춤을 실제 음악방송에서 사용하는 무대 세트에 올라 카메라 앞에서 선보일 수 있다. 자본이 있는 기획사를 제외하고 훌륭한 팀이 만든 작품으로 노래하고 춤출 기회는 그리 많지 않다. 일반적으로 데뷔하고 나서야 카메라 보는 법을 익히고 연예계의 예절과 행동을 배운다. 그래서 아이돌을 꿈꾸는 이들의 입장에서는 대단히 고마운 환경이다.

게다가 프로그램을 알리는 광고가 나오면서 거리에서 알아보는 사람이 늘면 마치 연예인이 된 것 같은 기분이 든다. 이 늪에 빠져 이제까지의 노력을 물거품으로 만들어버리는 사람도 많다. 인정 욕구가 강한 사람이 그런 경우가 많은데, 쉽게 말하면 애정 결핍 때문이다. 모두 그런 것은 아니며, 인정받고 싶은 욕구가 전적으로 나쁜 것도 아니고, 연예인은 어느 정도 인정 욕구를 가진 사람이 많다.

물론 나도 그렇다. 눈에 띄고 싶고 인정받고 싶은 마음이 깔려 있기 때문에 데뷔한 것이다. 다만 인정 욕구가 너무 강하면 자신의 목표가 무엇인지 잊어버리고 흐릿해진다. 그래서 자기 자신을 아는 게 중요하다. 내가 생각하기에 서바이벌 오디션은 자신을 알아갈 절호의 장소다.

내가 참가한 〈프로듀스 101〉은 미션마다 합숙하며 단체 생활을 했다. 합숙 중에는 전자기기를 전부 맡겨두므로 외부와 연락할 수 없다. 완전히 차단된 환경이기 때문에 연습생들 간에 자연히 커뮤니케이션이 늘고 단체 행동에 대한 의식이 바뀐다. 한편 자신과 대화하는 시간도 늘고 자율성도 생긴다. 다양한 미션을 수행할 때마다 성장하는 내 모습을 보고 스스로도 대단히 신기했다. 특히 회사에서 혼자 거울을 보고 연습하다가 같은 꿈을 지닌 동료와 레슨 받는 환경이 꿈만 같았다. 자연히 더 잘하고 싶은 마음과 더 연습하고 싶은 욕구가 샘솟았다.

하지만 연습생 중에는 그만두고 싶다거나 귀찮다거나 괴롭다며 부정적인 말만 하는 이도 있었다. 물론 힘든 미션도 있으니 이해하지 못하는 건 아니다. 하루 만에 가사와 안무를 완벽히 외워야 하는 가혹한 미션도 있었다. 인원이 많은 만큼 전원이 거울 앞에서 연습할 수 있는 게 아니어서 벽을 보고 연습하는가 하면, 포기하고 주저앉는 연습생도 있었다. 전체 연습은 자정 전에 끝났지만, 늦은 밤까지 연습하는 사람이 대부분이었다. 개중에는 나처럼 아침 일찍 연습하는 사람도 있지만, 대부분은 알람이 없으면 일어나지 못했다. 실제 수면 시간은 두 시간 정도라서 혼자 알아서 일어나기란 불가능에 가까웠다. 그런 상황이 며칠이나 계속되면 의욕이 꺾이는 건 당연하다. 평소에 잘하던 것도 갑자기 버벅거리기도했다.

그러나 나는 그런 상황조차 행복했다. 그렇게 생각한 이유는 '지금을 진심으로 즐기자'고 생각했기 때문이다. 현재에 집중했기에 눈앞에서 일어나는 상황을 있는 그대로 받아들였다. 예를 들어 내일까지 가사를 기억해야 하면 오로지 외우기만 한다. 거울이 하나밖에 없고 다른 사람들이 사용하고 있으면 다른 사람보다 일찍 일어나서 연습실에 갔다. 그뿐이었다. 이런 사고방식 덕분에 환경 탓을 하기보다는 나 자신을 돌아봤고, 정답을 찾았다.

절박한 순간도 많았지만, 그조차 즐겁게 받아들이니 제작진 측에서는 재미없다고 생각한 듯하다. 시청자의 감정을 자극하려면 참가자를 극한까지 몰아붙일 필요가 있었다. 그렇게 함으로써 보이는 인간미나 인간의 본성이 방송을 재미있게 만든다. 그런데 열심히만 해서는 재미가 없다. 그때는 그런 사실을 몰랐다. 그래서 나는 방송 분량이 거의 없었다.

꿈을 이룬 날

서바이벌 오디션 프로그램은 '국민 프로듀서'인 시청자가 자신이 좋아하는 연습생에게 투표할 수 있는 시스템이다. 시청자로서는 아이돌 프로듀서가 된 듯 연습생을 키우는 감각이 신선했던 모양이다. 〈프로듀스 101〉은 사회현상이 되어, 나이를 불문하고 모두 알았고 유행어도 생겨났다. 특히 초등학생들은 선거 유세를 하듯 거리에 나가 지나가는 사람들에게 자신의 최애 연습생에게 투표해달라고 부탁하기까지 했다. 투표를 하면 상품권을 준다는 사람도 있었다.

전부 다섯 개의 미션이 준비되어 있었는데, 각 미션마다 투표로 결정한 순위에 따라 탈락자가 발생했다. 그리고 최종 투표에서 뽑힌 11명이 기간 한정 그룹으로 데뷔한다. 나는 최종 미션을 앞에 두고 탈락하여 총 12화 중 10화까지 출연했다. 국내외 시청자의 관심도 높아서 방송은 예상을 뛰어넘는 반응을 얻으며 막을 내렸다.

6월 초, 탈락이 결정되고 트위터를 보다가 한 트윗이 눈에 들어왔다. 어떤 팬이 탈락했지만 데뷔하길 바라는 연습생을 뽑아 가상의 그룹을 만든 것이었다. 그룹명은 '정말 바람직한 조합'의 첫 글자를 따서 'JBJ'라고 했다. 그 외에도 '제발 분량 줘'나 'Just Be Joyful'의 첫 글자라는 트윗도 발견했는데, 자세히 보니 내 이름도 있었다.

처음에는 재미있다고만 생각했는데 조금씩 리

트윗 수가 늘어 친구나 관계자가 트위터에서 봤다고 연락이 올 정도로 업계의 관심도 뜨거워졌다. 나 이외에 여섯 명의 연습생 이름이 있었는데, 어느새 그들끼리 톡 단체방도 만들어졌고 매일 연락을 주고받았다.

7월 초가 되자, 한국의 LOEN(현 카카오엔터테인먼트)에서 내가 속한 기획사로 연락이 왔다. 기간 한정으로 JBJ라는 그룹을 만들자는 제안이었다. 팬이 만든 가상의 그룹이 한국의 대형 기획사의 눈에 띈 것이다. 같은 시기, 프로그램 제작사의 자회사인 CJ ENM에서도 각 멤버의 기획사에 같은 제안을 했다. 단체방에서도 정보를 교환하고 소속 기획사의 움직임을 주고받았다. 의외로 이때까지는 모두 담담했다. 실제로는 내심 크게 기뻐했을 것이다. 나는 데뷔라는 목표가 눈앞에 명확해졌는데, 그 기쁨을 숨기는 건 나 자신에게 실례라고 생각했다. 하지만 이 이야기가 없었던 것으로 마무리되면 혼자서 좋아 들떴던 게 부끄러워질까 봐 포커페이스를 유지했다.

7월 말, JBJ 프로젝트는 물밑에서 움직이고 있었다. 각 멤버의 기획사 일곱 곳과 LOEN, CJ ENM이 회의를 거듭하여 활동 기간과 수익 분배 등 현실적인 면을 협의했다. 일본에서 여러 기획사의 멤버로 결성한 아이돌 그룹이 인기를 얻은 사례는 있지만, 한국에서 그런 사례는 거의 찾아볼 수 없었다. 아홉 개 회사가 하나의 프로젝트를 위해 모여 절충점을 찾기란 쉬운 일이 아니었고, 사람이 많으면 의견이 충돌하는 경우가 많다. 그때 멤버 중 한 명의 기획사가 그룹 활동은 어렵다고 했다. 회사와 멤버 사이에 문제가 있었던 것 같았다. 다른 기획사들은 지금이 프로젝트에 가장 좋은 시기라는 인식을 공유했기에 프로젝트는 여섯 명으로 진행됐고 마지막 순간까지 멤버의 합류를 기다리기로 했다.

그로부터 얼마 후 JBJ의 기간 한정 활동이 정식으로 결정됐다. 그 소식을 들었을 때, 지금 다시 생각해도 신기했다. 꿈이 이뤄졌다는 게 믿어지지 않을 정도로 기뻤고 포기하지 않았던 나 자신이 대견했다. 나는 풍선이 된 것처럼 점점 수많은 감정이 솟구쳐 하늘로 날아오를 것 같았다.

8월 초, JBJ의 활동이 결정되자 바로 앨범 제작에 들어갔다. 최소한 두 달은 걸리는데 10월에 데뷔가 결정되어 시간은 그리 많지 않았다. 제작은 CJ ENM, 매니지먼트는 LOEN이 맡기로 하고 모두 빠르게 준비했다. 녹음과 안무 연습으로 스케줄이 빡빡했다. 매일 관계자들과 미팅하고 그룹의 콘셉트에 관해 설명을 들었다. 그리고 앞으로 아이돌 활동에서 주의할 점이 적힌 매뉴얼을 건네받고 교

육을 받았다. 계속 나머지 한 명의 멤버와 연락을 취하며 합류를 기다렸는데, 결국 기한이 다가왔다. 앨범 타이틀곡 녹음일과 리얼리티 프로그램 제작이 정해지면서 일곱 번째 멤버의 합류는 무산되고, 6인조 그룹으로 데뷔하기로 결정됐다. 뭐라고 말할 수 없는 기분이었지만, 그의 몫까지 열심히 힘내기로 했다.

9월 1일, 순식간에 8월이 지나고 합숙 생활이 시작됐다. 장소는 서울의 한강을 조망할 수 있는 맨션의 최고층이었다. 그때까지 샤워실과 화장실이 공용인 좁은 고시원에서 살다가 갑자기 성공한 사람처럼 좋은 집으로 이사해서 좀처럼 진정되지 않았다. 숙소에 들어가니, 이사할 때부터 리얼리티 방송을 촬영하기로 해서 카메라가 많았다. 숙소의 인테리어는 모두 끝나 있었고 가구에 컴퓨터, TV까지 전부 갖춰 있었기 때문에 몸만 들어가면 당장 살 수 있었다. 일본에서도 이런 집에선 살아본 적이 없어서 어색하기만 했다. 그래도 방 배치가 궁금해서 방을 하나하나 꼼꼼히 둘러보았다. 조금 있으니 많은 양의 자장면이 숙소에 배달됐다. 한국에서는 이사하면 자장면을 먹는다고 해서 스태프들과 함께 자장면을 먹었다.

9월 23일, 데뷔곡 〈판타지〉의 뮤직비디오를 촬영했다. 데뷔 앨범은 팬이 만든 가상 그룹이 실제로 데뷔하는 기적을 콘셉트로 삼아서, 뮤직비디오도 환상이 현실로 바뀌는 과정을 표현했다. 이틀 동안 촬영했는데 첫날은 야외에서 시작했다. 멤버는 개인 촬영이 끝나면 대기실에서 기다렸지만, 감독을 비롯한 스태프들은 쉬지 않고 촬영했으니 우리보다 훨씬 힘들었을 것이다. 멤버 전체의 촬영을 끝으로 그날은 마무리했다. 시간은 새벽 4시가 지나 있었다.

촬영 장소는 서울에서 한 시간 정도 떨어진 곳이었는데, 다음 촬영을 준비하기 위해 바로 숙소로 돌아와서 씻었다. 잠깐 눈을 붙일 수 있으리라 생각했는데, 둘째 날 촬영도 서울에서 한 시간 정도 떨어진 산속에 있는 스튜디오에서 하느라 숨 돌릴 새도 없이 출발했다. 멤버들은 이동하는 차 안에서 잠을 자고, 운전하는 매니저들은 촬영하는 동안 교대로 쉬었다.

도착해서 차에서 내리자, 우리의 피곤함은 알 바 아니라는 듯 아침 해가 눈부시게 비추고 있었다. 무심코 기분 좋다고 생각하다가 "아직 힘이 남아 있나 보군"이라고 햇살이 말하는 것 같아 울컥 짜증이 났다. 꼬박 하루 동안 촬영했는데, 이날은 댄스 장면도 있어서 스스로를 몰아붙이며 춤을 추었다. 마지막에는 감자튀김을 먹으면서도 잠을 잘 만큼 모두 녹초가 되고 말았다.

드디어 이틀에 걸친 촬영의 클라이맥스 장면이 시작됐다. 여기서 사건이 발생했다. 가장 나이 어린 멤버가 불타는 우산을 들고 서 있는 장면에서 불똥이 튀어 머리카락이 타고 만 것이다. 다행히 다치진 않았지만, 이틀(실제로는 사흘) 동안 잠도 못 자고 마지막에 이 장면을 찍었으니 순서상 무리였던 것 같다. 무사히 촬영이 끝난 게 25일 아침 9시가 넘어서였다. 우리는 숙소로 돌아왔고, 머리카락이 탄 멤버는 그 길로 미용실에 가서 머리를 깎았다.

10월 8일. 드디어 데뷔날이었다. 케이팝계에서는 데뷔하거나 신곡을 발표할 때 쇼케이스를 개최한다. 그래서 서울에 있는 대학교 체육관에서 데뷔 쇼케이스가 열렸다. 낮에는 기자를 대상으로 했는데, 300명 정도의 기자와 보도진이 모였다. 그 정도로 많은 기자가 쇼케이스에 모이는 경우는 흔치 않다. 그만큼 주목받고 있다는 걸 처음으로 실감했다.

앨범 타이틀곡을 포함해 두 곡을 선보인 후 기자회견이 열렸다. 카메라 플래시가 펑펑 터졌다. 플래시가 터질 때마다 어릴 적 본 놀이공원의 퍼레이드와 좋아하는 스타의 무대를 보는 것 같았다. 어릴 때부터 품은 꿈과 희망이 눈앞에 있었다. 강한 플래시 세례에다 긴장감이 겹쳐 머리가 핑핑 도는 듯했다. 정신을 차렸을 때는 대기실에 돌아와 있었다. 소파에 앉아 자문했다. 내가 데뷔한 걸까? 아직 데뷔를 실감하지 못하는 나 자신이 당혹스러웠다.

밤에는 팬을 대상으로 한 쇼케이스가 있어서, 메이크업을 고치고 의상을 갈아입고 안무를 최종 점검했다. 가족이 여권까지 발급받아 보러 왔다. 물론 친구와 지인도 축하하러 달려와주었다. 그리고 내가 케이팝 아이돌을 목표로 한 계기가 된 최애인 리키도 특별히 응원해주러 왔다. 내가 무대를 보러 가고 응원하던 입장에서 최애가 나의 무대를 보러 오고 응원하는 세계선[世界線]! 이건 자랑인데, "이번엔 내가 너의 팬이 될게"라는 메시지까지 받았다.

쇼케이스 시간이 다가와 무대 뒤로 이동했다. 갑자기 긴장됐다. 신기하게도 그 순간에도 데뷔한다는 실감이 전혀 나지 않았다. 무대에 있는 LED 패널이 올라가면 등장하기로 해서 패널 뒤에 대기했다. 패널 틈으로 객석이 어렴풋이 보였다. 그제야 실감이 나기 시작했다. 패널 맞은편에 우리를 기다리는 많은 팬이 있다고 생각하니, 기대하고 있는 팬의 마음도 느낄 수 있었다. 이 패널이 올라가면 나는 꿈꾸던 아이돌로 데뷔한다. 감정이 복받쳐 올라 소용돌이쳤다.

드디어 오프닝 곡이 흘러나왔다. 멤버끼리 서로 바라보며 격려했다. 눈물이 나올 것 같았지만 꾹 참으며 포즈를 잡았다. 노래가 중반에 이르자 LED 패널이 올라가기 시작했다. 그 순간 그때까지 노래밖에 들리지 않던 인이어에서 거대한 함성이 들려왔다. 5,000명의 함성이 세포 하나하나에 파고들어 몸이 부들부들 떨렸다. 나는 함성을 직접 듣고 싶어 인이어를 조금 뗐다.

그 순간, 데뷔라는 꿈이 현실이 됐다.

꿈이 이루어졌다.

고독

언어를 배우면 그 나라의 관습과 역사와 문화를 배울 수 있다. 일본에서는 밥을 먹기 전에 "이타다키마스(잘 먹겠습니다)"라고 말하며 손을 모은다. 이것은 불교에서 온 듯한데, 외국인은 "이타다키마스"라는 말을 배우면서, 일본의 문화에 불교사상이 배어 있다는 것과 식사 예절을 배운다. 그 외에도 전통적인 색의 이름을 알면 일본인이 어떤 감성을 지니고 있는지 느낄 수 있을 것이다.

　지금부터 하는 이야기도 내가 한국에 와서 한

국어를 배우면서 한국 문화와 일본 문화의 차이에 당황하면서 나 자신을 돌아본 이야기다.

한국에 온 초반에는 세 살짜리 어린아이가 된 것만 같았다. 말하고 싶은 게 있으면 아는 단어만 사용해서 표현하고, 상대가 알아듣지 못하면 손짓과 몸짓으로 표현했다. 말 못 하는 아이나 다름없었다. 그래서 간단한 의사소통 외에 내가 하고 싶은 말은 확실히 표현하지 못했고, 상대가 무슨 말을 하는지 알지 못했다. 그래도 이 무렵은 서툴러도 대화할 수 있으면 그럭저럭 지낼 수 있었다. 반대로, 상대가 나에게 무슨 말을 하더라도 나는 온전히 알아들을 수 없어서 그리 신경 쓰지 않아도 됐다. 그런데 연예계라는 분야에서 일할 때 모호한 표현은 인생을 좌우하는 치명적인 실수도 된다.

JBJ에서 그룹 활동을 시작하면서 멤버와 항상 함께 지내야 했다. 내가 싫어하는 일, 그룹의 개선

점을 이야기할 기회는 늘었지만, 바쁜 스케줄 탓에 서로 생각을 나눌 시간이 별로 없었다. 그래서 대놓고 직접적으로 표현하지 않아도 애매하게 표현하지는 않았다. 나도 필사적으로 대화에 참여하려 했지만 언어의 장벽이 가로막았다. 게다가 일본인 특유의 애매한 표현으로 전달하거나, 멤버가 하는 말의 이면에 담긴 진짜 의도와 하고 싶은 말의 본질이 무엇인지 헤아리려 했다. 그러나 멤버가 무슨 말을 하고 싶은지, 지금 무슨 대화를 하고 있는지 바로 이해하기란 불가능했다.

물론 멤버들은 내가 하는 말을 이해하려 노력했고, 나에게 알기 쉽게 설명도 해주었다. 하지만 한국인은 일본인이 지닌 애매함의 미학을 알 도리가 없었고(일본인도 '애매함'의 문화가 좋다고는 생각하지 않으니), 그저 분명하지 않은 사람이라는 인상을 줄 뿐이었다. 한편 한국인의 입장에서는 별 의미 없는 표현인데 내가 듣기에는 너무 직설적이어서 나 혼자 상처받거나 화가 나기도 했다. 이렇게 생긴 오해를 풀려고 다시 이야기해도 나의 서툰 한국말로는 의도하지 않게 다른 뜻이 되기도 했다. 점차 다른 멤버와의 벽을 느꼈고, 혼자 남겨진 느낌이 들었다.

마침 그 무렵 상황이 더 악화되는 일이 발생했다. 신곡의 앨범 제작이 시작되고 스케줄이 비어 녹음과 안무 연습을 하고 있었다. 데뷔 앨범 때보다 더욱 타이트한 스케줄이었기 때문에 녹음 며칠 전에야 가이드가 전달됐다. 그래서 이동하는 차 안에서 가사를 외웠다. 사전에 각자의 파트가 정해져 있지 않았고 녹음 당일에 전원이 노래를 불러보고 파트를 나누는 방식이었기 때문에, 스케줄이 바빠도 연습하려 애썼다. 외국인에게 한국어 발음은 어려웠고, 특히 노래하면 여러 가지로 신경 쓸 게 많기 때문에 내 파트는 적을 거라 생각했다. 일본어 발음과 한국어 발음은 애초에 다르기 때문에 일본인이 한국어 노래를 부르려면 가사를 이해하고 충분히 연습해야 했다. 단시간에 해결될 일은 아니지만, 조금이라도 더 많이 연습하려 애썼다.

노래를 녹음하는 날, 평소처럼 한 사람씩 녹음실에 들어가서 한 곡을 부른 후 작곡가와 회사 직원이 상의해서 파트를 발표했다. 어느 한 사람에게 편중되지 않도록 균등하게 파트를 나눴다. 내 파트가 없어지지 않을까 걱정했는데, 안심했다. 내 순서가 되어 녹음실에 들어가서 내 파트를 부르는데, 도중에 지시하는 목소리가 들리지 않았다. 디렉터방과 녹음실은 떨어져 있어서 지시할 것이 있을 때는 전용 마이크를 사용해야 내게 들린다. 무음인 상태로 10분 이상 기다렸을까, 불안이 커지는 내 귀에 10분 만에 들려온 말은 다음과 같았다.

"이 파트는 켄타 목소리가 잘 어울리지만, 한국어 발음이 좋지 않아서 다른 멤버로 바꿀게."

서너 평밖에 되지 않는 녹음실은 다시 정적에 휩싸였다. 내 머릿속에는 방금 전 들은 말이 계속 메아리쳤다. 나의 실력 부족이었다. 정체를 알 수 없는 상실감이 엄습해 외부와 격리된 세계에 홀로 남겨진 느낌이 들었다. 하나의 작품을 모두 함께 완성하는 데는 개개인의 완성도가 필요한데, 내 발음 탓에 작품의 이미지와 작곡가가 전하려는 의도를 표현하지 못하면 마땅히 내가 아닌 다른 멤버가 노래를 불러야 한다. 그것을 이해하기 때문에 더 답답했다.

이 일 이후로 나는 점점 고독해졌다. 물론 현실에서는 멤버들과 사이좋게 지냈지만, 나 혼자 고독의 늪에 빠져 허우적대고 있었다. 다만 이때 나락으로 떨어질 뻔한 나를 건져낸 것은 진심으로 분하게 여기는 마음이었다. 고독의 늪에 빠져 눈앞이 캄캄해진 것이 나 자신과 마주하는 계기가 됐고, 그때 느낀 분함이 나에게 늪에서 빠져나올 힘을 주었다.

분한 마음이 들 만큼 진심으로 노력한 점

문화의 차이에서 오는 인간관계의 틈을 어떻게 메울 수 있을까?
나는 어떻게 보조를 맞춰야 할까?
한국의 좋은 점은 무엇이고 일본의 좋은 점은 무엇인가?
나의 한계는 어디까지인가?

결과적으로 내가 깨달은 점

문화의 차이로 인한 오해는 언어를 배우며 그 나라의 문화를 이해하고 다가가면 서서히 사라진다. 그리고 언어의 습득이란 나와 마주하는 일이다.

찰나, 그리하여 궤적

194일. 내가 데뷔하고 나서 해체하기까지의 시간
이다. 인간으로 치면 태어나 간신히 무언가를 붙잡
고 일어설 수 있을 무렵이다. 어제 하지 못하던 일
을 할 수 있어서 매일 성장한다고 느끼는 그런 시
기. 이제부터 시작이라고 할 법할 때 해체했다. 결
코 길다고 할 수 없는 194일이라는 시간 동안 상
을 받고 음악방송 1위를 차지했다. 아직 겨울 추위
가 남아 있을 무렵인데도, 팬들이 기간 한정 그룹
이었던 JBJ의 계약 연장을 요구하는 시위를 벌일

정도로 우리는 사랑받았다. 계약 연장 이야기가 나오긴 했지만 성사되진 않았다. 멤버의 수만큼 길은 갈라졌다. 슬픈 일이지만, 우리는 받아들일 수밖에 없었다.

JBJ 해체 후 나는 194일 동안 느낀 것을 시로 썼다. 기억 속에 짙게 남은 추억을 남기고 싶었다. 부끄럽지만 그때 쓴 시를 소개한다. 끝을 알고 있는 인간은 빛날 수 있다. 그리고 찰나에 빛나는 나라는 기적이 모여 궤적을 만든다.

찰나에 빛나는 나라는 기적이, 궤적을 만든다

한순간 하늘로 상승하는 기분이었다.
주변에 무슨 일이 일어나는지 모른 채 찰나에 스쳐가는 순간을 전력으로 살았다.
그것밖에 할 수 없던 나를, 결코 홀로 오를 수 없는 눈부신 높이까지 데려다주었다.

하나의 광채에 이르면

그 위에 또 다른 광채가 보였다.

하나, 또 하나, 점점 올라간다.

문득 아래를 내려다보면

이제까지 보아온 광채가 있다.

나는 하늘에서

빛나는 세상을 내려다보는 듯한 느낌이 들었다.

구름 속에 들어가니 돌연 눈앞이 캄캄해졌다.

비가 총알처럼 쏟아져 아파서 참을 수가 없다.

어찌할 바를 모른 채 속도는 한층 올라간다.

그에 동반하듯 아픔이 늘어도, 참을 수밖에 없는 나는

허무해졌다.

앞이 보이지 않는 어둠과 아픔 속에서 주마등처럼 내

가 본 광채를 떠올린다.

순간 섬광이 내 시계[視界]를 빼앗았다.

새하얀 세계에서 나는 '끝'을 보았다.

주위를 둘러보자 그때까지의 구름은 거짓말처럼 자취

를 감추었다.

그리고 나는 스스로 빛나고 있었다.

문득 아래를 내려다보니
내가 걸어온 길이 빛나고 있다.
나는 나의 궤적을 보고 있는 느낌이 들었다.

Chapter 3.

'사이'에 존재하다

나와 상균

JBJ 해체 후 바로 유닛 데뷔 이야기가 나왔다. JBJ 의 멤버 몇 명으로 기간을 한정하지 않은 그룹을 만들자는 것이었는데, 그때까지 매니지먼트와 제작을 담당했던 LOEN과 CJ ENM은 참여하지 않고 멤버의 소속 기획사끼리 협의가 이루어졌다. 각 기획사에서 소속 멤버를 앞으로 어떻게 활동하도록 할지 계획하고 있던 탓에 처음부터 기간을 한정하지 않은 그룹을 만들기란 쉬운 일이 아니었다.

최종적으로 두 곳의 기획사가 함께 그룹을 만

들기로 했다. 멤버는 나와 상균(1995년생으로 동
갑, 일본식으로는 내가 한 학년 위다), 둘이었다. 숙소
에서는 룸메이트였지만 솔직히 JBJ 멤버 중 가장
접점이 없었다. 그렇다고 사이가 나쁘진 않았고,
벽이 있는 듯한 느낌이었다. 상균이 무슨 생각을
하는지 알기 어려웠고, 나는 거리를 좁힐 방법을
몰랐다.

JBJ95로 다시 데뷔하고도 각자 성격이 달라서
거리는 전혀 줄어들지 않았다. 나는 외향적이고 먼
저 움직이며 누구와도 사이좋게 지내는 성격인 반
면, 상균은 내향적이고 신중한 성격이며 스스로 무
언가에 도전하는 편이 아니었다. 둘 중 하나를 선
택해야 하는 상황에서도 서로 같은 것을 선택하는

JBJ 해체 후 JBJ 멤버였던 켄타, 상균은 2인조 보이그룹 JBJ95로 다시
데뷔했다.

법이 없을 만큼 정반대였다. 예를 들면 태양과 달처럼 동[動]과 정[靜]의 관계였고, 자석의 S극과 N극처럼 끝과 끝이었다.

한국인과 일본인으로서 비슷해 보이지만 전혀 다른 문화에서 자란 두 사람이 한 팀이 되기란 일반적인 방식으로는 어림도 없었다. 바쁘게 활동하며 서로 다가가기보다 예정된 일을 각자 처리하고 그 결과물이 팀처럼 보이는 느낌이었다. 내 경험상 이렇게 행동할 거라거나, 이렇게 생각하리란 예측은 여지 없이 빗나갔다. 좋아하리라 생각하고 한 행동인데 상대가 그렇지 않다는 표정을 지으면 다가갈 용기가 점점 사라졌다. 악순환의 연속이었다.

그가 말을 거는 경우는 거의 없었고, 함께하는 시간이 길수록 처음 만났을 때보다 거리가 멀어지는 것 같았다. 비즈니스 파트너라는 말이 딱 맞다고 할 정도로 인간적인 부분은 전혀 몰랐다.

그런 그와 거리가 가까워진 계기가 있었다. 이벤트에 출연하기 위해 일본에 귀국했을 때 대기실에서 매니저가 장난을 친 적이 있었다. 매니저는 장난을 치더라도 일은 정확하게 했고 평소에는 나도 함께 장난치며 놀곤 했다. 하지만 그때는 일과 회사로 생각할 거리가 산더미 같아서 마음의 여유가 없었다. 주변의 말 한마디에도 신경이 곤두섰고, 그런 감정을 감추기 위해 또 애를 썼다. 그런 상황을 아는지 매니저가 장난을 치며 기분을 풀어주려 했다. 그러나 그것조차 신경에 거슬린 나는 매니저에게 무례하게 대했다. 정확히는 기억하지 못하지만, "상관 말고 일이나 하세요" 같은 내용이었던 것 같다. 정말로 내가 나빴다. 물론 나중에 사과하긴 했지만, 그때는 그런 말을 내뱉었다는 것도 깨닫지 못했다. 그저 쓸데없는 말은 필요 없으니 일이나 했으면, 하고 바랐을 뿐이었다.

스케줄이 끝나고 상균이 할 말이 있다고 했다. 뒤를 따라가니, 실수한 것에 대해 주의를 주었다. 보통 때라면 고마워했겠지만, 그때의 나는 극도로 흥분할 만큼 너무 화가 났다. 그럴 만한 이유가 있었는데, 당시 나는 그가 일에 적극적이지 않고 외부 관계자에게 친절하지는 않다고 느꼈기 때문이다. 그래서 내가 주변 분위기를 살피고, 기분 좋게 일하자며 적극적으로 스태프와 교류하며 현장을 재미있게 만들기 위해 신경 썼다. 물론 그도 나름대로 신경 썼을 것이다. 하지만 나는 애쓰고 참다가 못해 실언한 것인데 그가 주의를 주자 그만 참지 못하고 화가 폭발하고 말았다.

그때까지 억누르고 있던 감정을 그에게 쏟아냈다. 한동안 말싸움을 했는데, 이벤트 현장 뒤편이라 그 자리에서는 해결하지 못했다. 나중에 서울 시내의 한 주차장에서 둘이 이야기를 나눴다. 내가 그동안 생각하던 것을 숨김없이 전부 털어놓자, 그는 놀라면서 미안한 듯 사과했다. 이제까지의 말과 행동은 그의 의도가 아니었고, 그도 나름대로 힘든 일이 있어서 여유가 없었다며, 조금씩 그의 심정을 털어놓았다. 그도 나름대로 노력하고 있었는데 부정적으로만 본 것이 미안했고, 말을 심하게 한 것을 사과했다. 그리고 이 팀을 지키자고 의기투합했다. 그때 너무나 기뻤다. 지금까지 알고 싶어도 알 수 없었던 그의 생각과 마음을 들었고, 마음의 거리가 가까워진 것 같았기 때문이다.

지금은 누구보다도 그를 잘 이해한다. 무슨 생각을 하는지, 무엇이 싫은지, 무엇을 잘하는지, 전부 안다. 상균 퀴즈대회가 있다면 내가 우승할 것이다. 함께 생활한 지 6년이 흘렀고, 고락을 함께 하며 조금씩 가까워졌으며, 그 시간이 우리의 '사이'를 메웠다.

때로는 그의 말과 행동과 성격을 이해하지 못했던 적도 있다. 그냥 일본에 돌아갈까 싶은 적도 많았다. 그러나 그런 시간을 극복할 수 있었던 건 그가 문화를 뛰어넘어 나를 이해하려고 노력했기 때문이다. 그는 사람을 이해하려 노력하고 다른 사람의 의견을 존중하는 사람이다. 나로서는 그렇게 할 수 없을 정도다. 그렇기에 그를 존경한다. 그리고 팀을 넘어 신뢰한다. 서로 정반대의 성격을 지니고 있어서 나에게 있는 것과 그에게 있는 것이 명확하게 나뉘고, 필요하면 서로 공유하고 보완할 수 있는 관계이기 때문이다. 문화를 뛰어넘어 나와 상균이 그런 관계인 것이 자랑스럽다. 그리고 감사한다.

무대와 객석

예전에 누군가에게 이런 말을 들은 적이 있다.

"1만 명 규모의 무대에서 100명을 대상으로 하는 퍼포먼스를 하면 안 된다. 반대로 100명 규모의 무대에서 1만 명을 대상으로 하는 퍼포먼스를 해도 안 된다."

쉽게 말하면 큰 무대에서 춤을 작게 추면 맨 끝에 있는 관객에게는 보이지 않고, 작은 무대에서 과장된 퍼포먼스를 하면 어색해 보일 뿐이라는 말이다. 바로 눈앞에 상대가 있는데 큰 소리로 말하면 이상한 사람처럼 보이듯, 규모에 맞지 않는 퍼포먼스는 관객과의 거리를 멀어지게 한다.

나는 이 말을 들었을 때 관객의 입장에서 보던 여러 공연을 떠올렸다. 분명 팬도 아닌데 매료되는 퍼포먼스를 선보였던 아티스트의 공연은 뛰어난 연출로 최적의 거리감을 유지했다. 물리적으로 객석에 가까운 것보다는, 세트와 무대를 활용하는 방법, 조명 등이 아티스트의 감정과 어울릴 때 마음을 사로잡았던 것이다. 그리고 아티스트의 행동 또한 관객과의 거리감을 결정한다.

나는 공연할 때 리허설하면서 관객석을 다 돌아본다. 데뷔 후 공연에서 한 번도 빠트린 적이 없다. 무대 위에서 느끼는 객석의 거리감과 객석에서 느끼는 무대와의 거리감은 완전히 다르기 때문이다. 무대에서는 관객의 얼굴이 나를 향하기 때문에 시선을 맞추기 쉬워서 심리적으로 관객과 서로 연결된 것처럼 느낀다. 한편 객석에서 보는 얼굴은 나뿐이어서 나와 시선이 맞는지 확인하기 어렵기 때문에 심리적으로 거리감을 느낀다. 어쩔 수 없는 일이다. 그러나 로봇을 대상으로 퍼포먼스를 하는 게 아니므로, 마음이 서로 통하는가 아닌가가 춤과 노래 실력보다 중요하다고 생각한다.

실제로 객석에 있으면 상상 이상으로 무대가 높게 느껴지고, 스피커 등에 가려 무대가 보이지 않는 사각지대가 있다. 객석에서 보면 내가 어떻게 보이는지 상상할 수 있다. 사전에 리허설한 안무가 좋지 않으면 즉석에서 바꾸기도 하고, 무대에 따라 동선도 바꾼다. 이렇게 하면 이미지 트레이닝을 하기 쉬워지고, 공연을 할 때 여유도 생긴다. 그리고 무대에 섰을 때 조명 때문에 객석이 보이지 않아도 그곳에 팬이 있다는 것을 분명히 느낄 수 있다.

무대와 객석의 거리는 연기자와 관객의 생각이

같은 힘으로 서로를 끌어당겨 메워진다. 한 명의 아티스트 공연에 1만 명의 관객이 있다면 1 대 10,000의 줄다리기를 하는 것 같은 느낌이다. 줄다리기를 할 때 서로 같은 힘으로 당기지 않으면 한쪽이 쓰러지듯, 아티스트는 자신의 생각을 퍼포먼스에 담아서 객석에 전달하고 팬도 응원하는 마음을 아티스트에게 전달한다. 그리고 서로 그것을 받아들인다. 이것이 무대와 객석의 이상적인 거리감이다. 앞으로 100명이든 1만 명이든 똑같이 줄다리기를 할 수 있도록 나만의 퍼포먼스를 추구할 것이다.

네가 해봐

누구도 처음부터 완벽할 수 없다. 나도 그렇고, 이
책을 읽는 독자도 그렇다. 마찬가지로 나의 기획사
도 그룹을 매니지먼트하는 건 처음이나 마찬가지
였다. 정확하게 말하면 선배인 레나의 그룹을 매니
지먼트했지만, 당시에는 앨범 제작 스태프가 없어
서 우리가 재데뷔를 준비할 때 새로운 직원을 채
용해 JBJ95팀을 만들었다.

한국의 앨범 제작 과정을 간략히 설명하면, 회
사 내 팀은 A&R팀, 비주얼디렉팅팀, 홍보팀, 팬매

니지먼트팀, 매니지먼트팀으로 크게 나뉜다.

A&R팀: 앨범의 핵심인 콘셉트를 결정하고 노래 제작 또는 작곡가에게 노래를 받는 업무를 하며 뮤직비디오나 재킷 촬영 등을 담당하는 앨범 제작 메인 팀.

비주얼디렉팅팀: 멤버의 비주얼(헤어, 메이크업, 스타일링) 콘셉트를 결정하고 앨범의 아트워크 등을 하는 팀.

홍보팀: 기자나 외부에 홍보하는 팀. 동영상 사이트에 올리는 비하인드 영상 등의 콘텐츠 제작도 이 팀에서 하는 경우가 있다.

팬매니지먼트팀: 활동 기간에 사인회나 음악방송 등 팬이 참가하는 이벤트를 관장하는 팀. 팬 콘텐츠 제작이나 팬의 서포트(선물 등) 관리 등 팬과 관련한 업무는 모두 이 팀이 담당한다.

매니지먼트팀: 음악방송이나 그 외의 이벤트 등을 관리하는 팀.

여기에 헤어메이크업팀, 의상팀, 작곡팀, 녹음팀, MV팀, 재킷팀 등의 외부 팀도 참여하여 하나의 앨범을 만든다. 각 포지션에 있는 스태프들은 모두 그 분야의 전문가이자 경험 많은 인력으로, 회사의 대표는 큰 규모의 팀을 움직이는 건 처음인 듯했다. 시스템이나 흐름을 잘 모를 때가 있어서 실질적으로 담당 직원에게 맡기는 편이었다. 대표가 돈을 밝히고 완고한 사람이면 현장이 어떤지 파악하지도 않고 직원의 의견을 받아들이지 않는 경우도 있지만, 우리 회사는 다른 곳보다 자율적으로 하게끔 내버려두는 편이었다.

그렇게 제작한 앨범 〈HOME〉으로 하는 활동도 역시 처음이었다. 그래서 스태프들은 전력을 다해 우리를 지원했다. 그렇게 열정을 가지고 일하는 스태프들을 위해서라도 나도 도울 수 있는 건 돕고 싶었다.

그러나 열정만으로 모든 게 잘되는 건 아니었다. 당시는 월요일부터 일요일까지 매일 각 방송국이 돌아가며 음악방송을 내보냈다. 방송마다 시스템이 달랐고 규칙이 달랐다. 예를 들어 AR에 보컬이 들어간 비율에 따라 립싱크인지 아닌지 결정됐다. 방송마다 정해진 비율에 맞게 만든 음원을 방송국에 제출해야 했는데, 우리가 알고 있는 것과 리허설에서 흐르는 음원이 달랐다. 이런 실수가 며칠이나 연이어 벌어졌다. 첫날은 이미 일어난 일이니 어쩔 수 없다고 생각했지만, 며칠 동안 같은 실수가 지속되니 화가 났다. 프로그램 측에 문제가 생기는 실수를 연속해서 저지르는 무책임감과 사내의 커뮤니케이션 시스템에 의문이 들었다.

처음에는 이해하려 노력했지만, 그 외에도 빈번하게 문제가 일어났다. '같은 실수를 연속해서 저지르는 건 실수 없이 해달라고 부탁한 우리에게도 실례가 아닌가? 혼자서 하는 일도 아닌데 다른 스태프는 뭘 하는 거지?'라는 생각이 내 머릿속을 가득 채웠다. 이야기를 들어보니 현장의 상황을 모르는 고위층의 압력도 있었던 같지만, 내가 보기에는 스태프들 사이에 커뮤니케이션이 부속한 것 같있다. 최종적으로 현장에 있는 우리가 문제를 해결하느라 쫓겼다. 그렇게 무대에 서고 밤늦게까지 연습하면서, 정신적인 한계에 다다랐다.

　　나는 첫 활동을 대형 기획사에서 했기에 기준이 그곳에 맞춰져 있었다. 멤버는 준비된 대로 하면 됐고, 그 전의 단계에서 실수가 있어도 우리와는 상관없었다. 하지만 앨범 〈HOME〉으로 활동하면서는 그런 실수나 내부 상황이 고스란히 보였고, 한편으로는 팬과 관계자의 기대에 부응하고 싶은 마음이 나를 혼란하게 만들었다. 그런 상황을 바꾸지 않으면 멤버뿐 아니라 팀 전체가 무너질 거라

직감한 나는 불안해하며 3개월에 이르는 활동을 마쳤다.

그해 연말, 재데뷔 후 처음으로 콘서트 투어를 개최했다. 서울을 시작으로 일본, 태국, 필리핀까지 가는 투어였다. 첫 스타트를 알리는 이틀간의 서울 공연을 끝내고 축하연을 하기로 했는데, 우리가 도착하니 대표를 비롯한 임직원이 먼저 식사하고 있었다. 우리까지 모이자 건배하고, 우리는 50명 정도 되는 관계자가 있는 테이블을 돌며 인사했다.

막 자리에 앉아 밥을 먹으려는 순간, 끝자리에 있던 대표가 불렀다. 우리는 다시 대표와 건배했고, 술이 들어가 기분이 좋아진 대표는 격려의 말을 건넸다. 그리고 이번 활동에 대해 이야기하다 회사의 운영에 대해 의견을 물었다. 우리는 대표와 정기적으로 미팅을 하지 않기 때문에 지금이 좋은 기회라고 여겼다. 그래서 활동 중에 느낀 문제

점을 평소에 감사하는 마음을 담아 전달했다. 커뮤니케이션 부족으로 인한 초보적인 실수라든가, 현장에서 사후 대응과 관련한 상황을 설명하고 개선을 부탁했다. 가능한 한 완곡하게 전달했는데, 대표가 원하던 대답이 아니었던 것 같았다. 술을 마신 탓인지 대표의 말투가 감정적으로 변했다. 그런 뜻이 아니라고 수습했지만 점점 격해졌다. 나도 슬슬 한계에 다다랐을 때, 대표의 입에서 생각지도 못한 말이 튀어나왔다.

"네가 대표를 하면 되겠네. 난 그만둘 테니 네가 하고 싶은 대로 해봐."

이때 태어나 처음으로 마음속에서 실이 툭 하고 끊어지는 소리가 들렸다. 그 감각을 지금도 선명하게 기억한다. 나는 입을 다물지 못했다. 그때까지 회사의 성장이 우리의 성장이고 우리의 성장이 회사의 성장이라 믿고 열심히 노력한 것이 그

한마디로 물거품이 되었다. 우리가 의지할 사람이라고는 믿을 수 없는 차가운 말에 나도 모르게 눈물이 흘렀다. 이야기의 논점에도 맞지 않을뿐더러 모든 일의 최종 책임자인 사람이 절대 입에 담아서는 안 되는 말이었다. 과거에 한 약속이 지켜지지 않은 데다 우리의 노력이 전해지지 않은 것까지, 수많은 상념이 눈물이 되어 흘렀다. 대표도 내 모습을 보고 놀랐는지 다소 당황한 듯했다.

인간은 배려가 중요하다. 물론 당시 내 행동이 전적으로 옳다고 할 수 없다. 우리에게도 잘못이 많았으리라. 서로가 완벽하지 않기에 배려하며 문제와 마주할 수 없다면 그 관계는 언젠가 무너지고 만다.

감정의 풍선

사람과 사람 사이에는 눈에 보이지 않는 감정의 풍선이 있다. 거리가 너무 가까워지면 풍선은 터진다. 날카로운 말에도 쉽게 터진다. 그러므로 서로 풍선을 터트리지 않도록 적당한 거리를 유지하려 노력해야 하며, 내가 하는 말이 상대방의 풍선을 망치지는 않는지 확인할 필요가 있다.

결국 마음에 여유가 없으면 어려운 일이다. 먼저 내 감정의 풍선이 얼마나 큰지, 강도가 어느 정도인지 알아야 한다. 내 풍선의 크기를 모르면 상대방의 풍선에 상처를 주기 쉽다. 그리고 내 풍선에 상처가 난 사실을 모르는 사람도 감정의 풍선의 크기를 모르는 셈이다.

언제부턴가 나는 회사와 멤버의 사이에서 멤버의 의견을 대표에게 전달하고 대표의 의견을 멤버에게 전달했다. 사람에 따라 남과 엮이는 밀도나 균형을 유지하는 방법이 다르다. 나는 남들과 빨리 어울릴 수 있는 타입이지만, 상균은 그러기까지 시간이 걸렸다. 그도 그런 점을 알았고 주변에서도 그가 그런 걸 알고 있었기 때문에 내가 중간 역할을 했다. 일의 특성상 매일 새로운 사람과 일해야 하므로 그런 성격은 오해를 사기 쉽다. 그래서 현장을 비롯해 회사와의 커뮤니케이션도 내가 도맡았다.

솔직히 회사의 일은 모른 척할 수도 있었지만, 그렇게 하면 문제를 안은 채 일이 진행되고 결국

SNS에서 난리가 난다. 팬의 입장에서도 똑같은 실수가 반복되면 신뢰하지 못한다. 우리의 얼굴은 대중적인 이미지라서 회사의 실수는 우리의 이미지로 직결됐다. 그래서 모른 척하는 것이 더 위험했고 바람직하지 않았다. 설상가상 안티팬의 메시지나 메인 보컬이라는 압박감에서 느낀 실력의 부족함도 있어서, 나는 스스로 무너지고 있다는 사실을 깨닫지 못할 만큼 궁지에 몰렸다.

그러면서 감정을 제어하지 못하기 시작했다. 이동하는 차에서 매니저와 상균이 나누는 이야기조차 귀에 거슬려 고함을 쳤다. 두 사람에게 미안한 동시에 감정적인 자신이 싫어져서 자기부정이 이어졌다. 부정적인 감정에서 벗어날 수 없었다. 그때까지 즐거웠던 팬 사인회도 팬 앞에서 웃지 못하게 될까 봐 무서워졌다.

더 나아가 누군가와 있을 때는 괜찮은데 숙소

로 돌아가면 끝 모를 허무함이 엄습했다. 밖에서 들리는 자동차 소리가 바로 내 옆에서 지나가는 것처럼 굉음으로 들려서 공황에 빠지기도 했고, 느닷없이 죽어버릴 것 같은 두려움에 잠을 이루지 못했다. 그런 생활이 반년이나 이어졌다. 하지만 그때는 내 몸이 이상하다고 생각하지 않았다. 그저 내 성격이 나빠졌고 지쳤다고 생각했다.

어느 날, 일이 끝난 후 숙소에 돌아와 샤워하려고 물을 틀고 의자에 앉았다. 허무감이 엄습해 멍하니 있었다. 샤워기의 물을 맞으며 일어설 수도 없었다. 그대로 의식을 잃었는지 기억이 없다. 툭 하고 끊겨버렸다. 정신을 차렸을 때는 샤워기의 물소리만 들렸다. 한 시간 정도 지났을까, 몸이 차가웠다. 뼛속까지 추웠다. 바로 샤워기를 잠그고 몸을 닦는데, 오른팔이 이상했다. 문득 팔을 보니 물린 흔적 같은 게 여러 군데 보였다. 세게 물린 듯한 내출혈 흔적이었다.

　나는 일단 옷을 입고 침실로 돌아왔다. 휴대전화를 보니 이미 세 시간이 지났다. 완전히 정신을 차리자 무서워졌다. 무슨 일이 생겼는지는 몰라도 내 몸이 이상하다는 사실을 깨달았다. 정신병일지도 모른다. 그렇게 생각하자 점점 더 무서워져서 내가 한국에 올 때부터 많은 신세를 진 친구에게 연락했다. 상황을 설명하자 정신과 병원을 알아봐 주었다. 숙소 바로 근처에 예약이 필요 없는 병원이 있으니 함께 가자고 말했다.

　진단 결과는 '양극성 기분장애'였다. 한마디로 감정의 기복이 심하고 조절할 수 없는 마음의 병이다. 설마 내가 이렇게 되리라고 생각도 못 했다. 부정적인 면은 있어도 성격은 밝은 편인데, 마음이 지칠 만큼 나 자신을 혹사하고 있었다는 사실이 슬펐다. 그리고 나 자신에게 한없이 미안했다.

나는 내 '감정의 풍선'의 크기가 어느 정도이고 얼마나 강한지 몰랐다. 그리고 금이 간 사실도 깨닫지 못했다.

　눈에 보이지 않는 사람 간의 '사이'는 존재한다. 눈에 보이지 않으니 더욱 상상하려 애써야 한다.

「또 언제든지 돌아오렴.」

이것은 신기하지만 진짜 있었던 이야기다.

어느 날, 스케줄을 끝내고 숙소로 돌아가는데 갑자기 본가에 가야겠다는 생각이 들었다. 다음 날부터 며칠간 스케줄이 없어서 일본에 가려면 갈 수 있었다. 그런데 밤 9시가 넘은 터라 서두를 필요는 없었다. 그렇지만 어느새 멋대로 내일 비행기를 예약하고 있었다. 어머니에게도 집에 간다고 연락하고 아침 비행기로 귀국했다.

귀국한 날은 친한 친구의 생일이었다. 학생 때

부터 친구는 내가 없어도 내 어머니를 만날 만큼 사이가 좋았던 터라, 어머니가 음식을 만들고 케이크를 사서 온 가족이 생일 파티를 했다. 오랜만에 파티를 즐긴 후에는 전날 밤에 짐을 싸느라 피곤한 데다 오랜만에 집에 왔다는 안도감 때문인지 스스륵 잠이 들고 말았다.

눈을 뜨니 밖이 밝았다. 이미 어머니 모습은 보이지 않았고 일하러 나간 듯했다. 짐을 정리하고 집을 나서는데 현관에 편지가 놓여 있었다. 연락할 방법이라곤 집 전화밖에 없던 시절, 일로 집을 비울 때가 많았던 어머니는 종종 나에게 편지를 써서 현관에 놓아두었다. 내가 편지에 답장하는 건 스킨십과 같은 것이었다. "전자레인지에 밥 데워 먹어" 또는 "오늘은 몇 시에 돌아올게"라는 평범한 내용이었지만, 어머니의 편지를 보면 마음이 이어진 것만 같아 안도감이 들었다.

현관에서 신발을 신은 후 편지를 펼쳤다. "또 언제든지 돌아오렴"이라고 적혀 있었다. 왠지 어머니가 눈앞에서 말하는 듯한 기분이었다. 그 무렵 조울증 증상이 심해졌는데, "여기서 기다리고 있을 테니 무슨 일이 있으면 언제든지 놀아와"라면서 등을 토닥이는 것처럼 느껴졌다. 편지를 가방에 넣고 의지를 다진 나는 그 길로 서울로 돌아왔다.

　　그로부터 며칠 후, 나는 촬영 때문에 아침부터 메이크업을 받고 있었다. 아직 잠이 덜 깨서 꾸벅꾸벅 졸고 있는데 누나에게서 연락이 왔다. 어머니가 쓰러지신 듯했다. 큰일은 아니지만 혹시 몰라 그날은 검사를 받기 위해 입원해야 한다고 했다. 50대가 넘으면 몸이 아플 때도 있지 싶어서, 크게 걱정하지 않았다. 어머니에게 메시지를 보낸 후 촬영에 들어갔다. 촬영은 순조롭게 진행됐다. 늦은 점심을 먹기 위해 대기실로 돌아왔다. 그리고 휴대전화를 확인하니, 누나에게서 전화가 열 통 넘게 와 있었다. 부재중 통화 목록을 본 순간, 모든 걸 알 것만 같은 냉정함과 두려움이 마음속에서 소용돌이쳤다. 깊이 숨을 들이쉬고 나서 전화했다. 전화 너머 누나의 목소리는 제정신이 아닌 듯했다. "죽는대, 죽는대"라고 연거푸 말했다. 자신의 힘으로 어떻게도 할 수 없다는 걸 깨달으면 공기가 빠진 것처럼 무[無]가 된다. 그리고 상대가 동요해서 어찌할 바를 모르면 내가 어떻게든 해야 한다고 생각하기 때문에 한발 떨어져서 바라보게 된다. 결국 무슨 일이 있었는지, 원인은 무엇인지, 아무것도 모른 채 전화를 끊었다.

바로 매니저에게 전화해서 상황을 설명하고 가장 빠른 비행기를 알아보았다. 다음 날 아침 비행기가 가장 빨랐다. 이때 굳게 마음먹었다. 가족의 죽음을 지켜보지 못할 수도 있다고 한국에 올 때부터 각오했다. 그 정도 각오는 하고 한국에 왔다. 그래서 할머니가 더 걱정됐다. 다리가 불편해서 혼자서 걷기 힘들었던 할머니가 자식의 죽음을 지켜보지 못할 게 괴로웠다. 바로 며칠 전 생일을 함께 축하한 친구에게 연락해서 할미니롤 모시고 병원에 가달라고 부탁했다. 다행히 그날은 댄스 콘테스트 촬영이었기 때문에 정신이 딴 데 가 있어도 견딜 수 있었다. 남은 촬영을 무사히 끝냈을 무렵, 밖은 어두워져 있었다.

대기실에 돌아와 누나에게 전화를 걸자 의외로 바로 받았다. 훌쩍이며 우는 목소리가 들렸다. 누나는 방금 어머니가 돌아가셨다고 말했다. 물어보니, 내가 전화를 건 순간 어머니가 돌아가셨다고 했다. 할머니는 제때 도착하신 듯했다. 그걸로 안심했다. 나는 내일 간다는 말만 남기고 전화를 끊었다.

나는 왜 갑자기 집에 돌아갔을까?

어머니가 마지막으로 만나고 싶어 부르신 걸까?

어머니는 왜 갑자기 돌아가셨을까?

우리에게 무언가 감추고 있었을까?

어머니는 왜 그날 돌아가셨을까?

왜 고맙다고 하신 걸까?

어머니는 왜 그 시간에 돌아가신 걸까?

나의 일이 끝나길 기다린 걸까?

신기하기만 한 우연이 겹쳐, 어머니의 마지막 메시지처럼 느껴졌다.

살아가다

누구에게나 찾아오는 소중한 사람과의 이별.
그것은
'살아간다'는 것을 생각하는 시간을 가져다준다.

삶은 죽음을 향하고 죽음은 삶을 향한다.

촛불에 비유하면

타오르는 불꽃은 삶이며 어둠은 죽음이다.

빛은 어둠을 향하고 어둠은 빛을 향한다.

소중한 사람의 빛이 꺼졌을 때

사람은 비로소 나의 빛을 바라본다.

그리고 생각한다. 살아간다는 건 무엇일까.

사람은 나라는 초를 소모하여 빛을 밝힌다.

초는 육체이며 빛은 마음이다.

빛은 때로 꺼질 듯 흔들린다.

나의 빛이 꺼질 듯 흔들리면

누군가가 빛을 나누어준다.

누군가의 빛이 꺼질 듯 흔들리면

나의 빛을 나누어준다.

서로 나누는 것이 사랑이며 그것이 바로 살

아간다는 게 아닐까.

나의 어머니가 돌아가셨을 때 쓴 시다.

내 안의 빛이 꺼질 듯 흔들릴 때 많은 사람이 빛을 나누어주었다. 자기 일처럼 슬퍼하고 나보다 더 울어준 멤버나 자신의 생일날 나의 행복을 빌어준 멤버, 나를 위해 함께 밤을 새운 친구와 멀리서 지켜본 친구. 서로 방법은 달랐지만, 그들의 온기가 나에게 살아갈 의미를 주었다. 그리고 그것이 사랑이라는 걸 깨달았다. 사랑이 행동을 잉태하는지, 행동이 사랑을 잉태하는지 알 수 없으나, 거기에는 분명 사랑이 있었다.

가진 게 1,000원이라도
재밌는 인생

꿈을 향해 달려간 끝에 기다린 건 6억 원이라는 빚이었다.

언제부터인지 나는 회사에 대한 불신이 커졌다. 약속을 지키지 않으면서 기다려달라는 말만 계속했다. 회사에 대해 믿음이 있었다면 우리는 기다렸을지도 모른다. 하지만 연습생 시절 회사에 있던 나의 짐도 반드시 돌려줄 테니 기다리라는 말뿐, 아직도 돌려받지 못했다.

회사는 경영을 잘하지 못한 탓인지, 몇 년간 적

자가 이어졌다. 우리는 무급으로 일했다. 어떻게든 개선해보려 의견을 내도 상황은 변하지 않았고, 그런 경영이 3년간 이어진 끝에 결국 급여를 받지 못한 직원은 회사를 떠났다. 어쨌든 내가 회사에 있던 5년 동안 좋은 방향으로 바뀌는 일은 없었다. 그리고 우리의 정신 상태도 악화되었고, 이대로라면 우리가 쓰러질 것만 같았다.

한국의 연예계는 나라에서 정해준 표준계약서를 기준으로 아티스트와 회사가 협의해서 계약한다. 다만 연습생 입장에서 회사를 상대로 협의해서 계약하기란 거의 불가능하다. 어떤 경우에는 아티스트 측에 불리한 계약을 맺는다. 계약 기간도 일본의 연예계와 달리 길다. 회사가 아티스트의 케어와 육성 등에 투자하는 자금이 많기 때문에 상호 이익을 위해 그렇다는 건 이해한다.

어느 날, 우리는 회사에서 나가기로 결단을 내

렸다. 물론 몇 가지 이유가 있지만, 회사가 고소당한 게 이유 중 하나였다. 백번 양보해서, 회사가 고소당해도 우리와는 관계없을지 모른다. 하지만 직원이 없이 그룹을 유지할 수 있다는 보장이 없었다. 게다가 우리를 어떻게 할지 설명을 요구해도 답을 들을 수 없으니 정상적인 관계라고 할 수 없었다. 서로 양보하고 노력하지 않는 한, 좋은 관계를 구축할 수 없다. 이때 내가 나를 지키지 않으면 아무도 지켜주지 않는다는 걸 깨달았다.

회사를 나가겠다고 결단을 내렸을 때 계약 기간이 아직 3년 정도 남아 있었다. 계약이 끝날 때까지 건강을 해치며 버티기보다는 회사를 나가는 게 좋겠다고 판단했다. 이때부터 계약 해지를 요구하는 법정 싸움이 시작됐다.

법적 조치를 취할 즈음, 비난과 거짓이 뒤섞인 말을 들을 각오를 하라는 충고를 들었다. 나름대로 각오는 했지만, 실제로 재판이 시작되고 관련된 기사를 보자 상상 이상으로 마음이 흔들렸다. 내가 결정한 길이니 자업자득이겠지만, 주위의 관계자들이 하는 말은 마음 아팠다. "3년만 참으면 돼. 회사를 나가지 않는 게 너희를 위해서도 좋아"라는 식이었던 것이다.

우리가 어떤 환경에 있었는지, 실상이 어땠는지 알면서도 그렇게 말하는 사람들. 하물며 연예계 관계자라면 연예계의 어두운 면도 알 텐데, 그런 사람들조차 우리에게 노예로 머물러 있으라고 말하는 것처럼 느껴졌다.

그들의 본심은 알 수 없다. 진심으로 우리를 걱정해서 한 말일 수도 있다. 하지만 당시에는 너무 냉혹하고 무자비하게 들렸다. 설상가상으로 판사의 한마디가 우리의 정당성을 무너트리고 말았다. "아티스트와 회사는 부자지간과 똑같지 않은가. 회

196

사의 경영이 어렵다면 아티스트 측이 이해할 필요가 있다." 이 말을 어떻게 받아들일지는 각자의 판단에 맡긴다.

소송은 1년 넘게 걸렸고, 판결은 일부 승소였다. 우리가 요구한 계약 해지는 인정됐고, 피고 측이 우리에게 요구한 손해배상금 30억 원 중 8억 8천만 원을 지급하라고 명령했다. 남은 계약 일수에 따라 나는 6억 원의 빚이 생겼다. 이것이 법이 내린 대답이었다.

내가 꿈을 좇아 달려온 끝에 빚이 생겼다니. 결과만 보면 회사를 나온 게 정답이었는지, 그리고 빚이 생긴 이유는 우리가 나빴기 때문은 아닌지 싶을 것이다. 금액이라는 가시화된 정보만 보면 우리에게 잘못이 있는 것처럼 보인다. 솔직히 말하면 분하다. 그렇지만 법률상 사실이 되어버렸다. 무슨 말을 한들, 그저 감정싸움이 될 뿐이다. 그래서 이 책에서도 추상적이고 제한적인 정보만 언급했다. 그럼에도 연예계에 실재하는 불투명한 문제를 책을 통해 알리는 것이 가치 있다고 생각했다. 답은 내 안에 있고, 당신의 안에 있다. 그렇게 믿는다.

어쨌든, 1심이 끝나고 반년쯤 지나 갑자기 우리의 계좌가 동결됐다. 판결에 근거해 법적으로 계좌가 가압류당한 것이다. 글로 보면 대단히 심각해 보이지만, 우리는 웃었다. 먼저 꿈을 좇아 해외에 와서 빚이 생긴 것만으로도 어이없어 헛웃음이 나는데, 아무 예고도 없이 계좌가 동결되고 신용카드도 쓸 수 없다니. 현금을 잘 쓰지 않는 한국에서 현금 생활을 강요받았으니 웃음밖에 나오지 않았다. '어이없다'는 말이 딱 들어맞는 상황이었다.

이날부터 현금 생활이 시작됐다. 계좌에 있는 돈을 인출할 수 없어서 수중에 한 푼도 없었다. 친구에게 몇십만 원을 빌려 일단 쟁여둘 수 있는 식료품을 샀다. 쌀이 있으면 죽지는 않겠지 싶었다. 당연히 그 돈은 이내 바닥을 드러냈다. 한때 1,000원밖에 없을 때는 어떻게 해야 할지 몰라 막막했지만, 친구와 지인이 식료품을 보내주거나 밥을 사준 덕택에 지금 이렇게 책을 쓸 수 있다. 도움을 준 모든 이에게 이 자리를 빌려 진심으로 고맙다고 말하고 싶다.

인생은 재미있다. 가진 돈이 1,000원뿐이라도 어떻게든 된다고 믿으면 반드시 좋은 방향으로 나아간다. 살아가는 과정에서 옳은지 틀렸는지, 좋은지 나쁜지, 만사를 묻고 따지고 시행착오를 겪으면서 나름의 정답을 찾아내려 한다. 그리고 혼란스러운 질문과 대답으로 인생을 단순하게 정리하려 발버둥치며 괴로워한다. 죽을 때까지 그렇게 살아갈 것이다.

그래서 인생은 재미있다.

미디어는 요리사

눈에 보이는 것만이 사실일까? 예를 들어 공기는 보이지 않지만 존재한다는 사실을 아무도 의심하지 않는다. 정보에 의해 사실이 확인되었기 때문이다. 사람은 직접 보거나, 정보를 통해 사실 여부를 판단한다. 우리는 판단에 확신을 갖고 싶어서 사실을 찾는 것이다.

하지만 정말 확신할 수 있을까? 정보를 무작정 믿기보다는, 이를 자신만의 지식으로 바꿀 수 있어야 제대로 확신할 수 있다. 정보 판단 능력이 중요하다는 말이다. 정보는 대부분 미디어를 거쳐 전달된다. 어떤 정보를 선택하고 어떻게 받아들일지는 받아들이는 사람의 자유다. 정보를 어떻게 전달할지는 미디어의 자유다. 다만 미디어가 사실을 파악하는 방식에 따라 정보의 표현 방식이 달라진다.

실제로 우리의 소송을 다룬 기사를 살펴보면, 사실이 아닌 억측으로 썼거나 "멤버가 일방적으로 스케줄을 거부했다"고 하는 기사도 있었다. 물론 그것은 사실이 아니다. 다만 법정에서 피고 측이 주장해서 논쟁이 되었던 것은 사실이다. 이 책은 읽어보지 않은 채 기사만 읽어본 사람은 우리를 어떻게 생각할까? 분명 우리에게 문제가 있다거나, 회사를 배신했다고 판단할 것이다. 실제로 인터넷에는 그렇게 판단하는 사람도 많았다.

반대로 이 책을 읽은 상태에서 기사를 본다면 어떨까? 정보를 비교해서 나름의 답을 도출할 것이다. 설령 '멤버에게 문제가 있다'는 인식에 변함이 없어도, 적어도 "멤버가 일방적으로 스케줄을 거부했다"는 정보에 의구심을 가진다면 그것만으로도 의미가 있다. 이는 '정보를 접할 때 자주적으로 생각'하는 리터러시[literacy]의 근본과도 연결된다. 정보를 받아들이는 쪽은 생각하는 것을 넘어 정보를 전달하는 미디어의 성향을 이해하고 선택할 필요가 있다.

예를 들어 정보를 요리, 미디어를 요리사라고 하면, 요리가 나오면 주는 대로 먹기만 하는 사람과 요리사의 취향이나 요리법을 조사한 후에 요리를 맛보는 사람은 요리를 전혀 다르게 받아들일 것이다.

내가 보기엔, 요리를 맛보고 자신이 느낀 점을 말하는 사람은 많아도 요리사의 취향까지 조사하는 사람은 드물다. 즉, 미디어의 성향이나 미디어가 정보를 파악하는 방법까지 생각하는 사람은 많지 않다는 말이다. 일상에 쫓겨 바삐 지내면 그렇게까지 생각할 시간은 없겠지만, 각각의 미디어가 얼마나 엔터테인먼트 요소를 지니는지만 알아도 정보를 바라보는 시선은 달라진다.

TV는 엔터테인먼트 요소가 강하고, 뉴스도 정보를 과장하는 경우가 많다. 그리고 아나운서의 감정까지 더해져 받아들이는 쪽의 판단을 둔하게 만든다. 한편 신문 기사는 텍스트와 사진으로 깔끔하게 요약되어 있어 담백하게 받아들일 수 있다. 어느 쪽이 더 낫다는 말이 아니다. 다만 때와 장소에 따라 정보를 바라보는 관점이 달라지므로 이를 인지하고 판단해야 한다는 말이다.

그렇게 정보를 나만의 지식으로 바꾸는 판단력이 있다면 미디어와 엔터테인먼트, 더 나아가 사회와도 좋은 거리감을 유지할 수 있지 않을까?

Chapter 4.

아이돌이라는 인생

표현의 전달자

아티스트와 아이돌, 예술과 엔터테인먼트, 아트와 비즈니스, 예술가와 표현가의 차이는 다양한 책과 인터넷 등에서 논의되는 주제다. 사회적으로 바라보는지 문화적으로 바라보는지에 따라 답은 달라지고, 정의하기 모호해서 답을 도출하기 어렵다. 가수나 화가, 그 외의 예술이나 엔터테인먼트업계에 종사하는 사람이라면 한 번쯤은 고민하고 다른 사람과 토론해보았을 것이다. 나도 머리가 깨질 만큼 생각했지만, 누군가를 설득할 만한 답을 찾아내지는 못했다. 그렇지만 나의 경험을 통해 찾은 답도 있다. 그 이야기를 하려고 한다.

나는 데뷔하고 한동안은 준비된 대로 움직이는 것이 전부였다. 준비된 옷을 입고, 준비된 노래를 부르고, 준비된 말을 했다. 거기에 나의 의견은 없었다. 흡사 마네킹처럼 보였을 텐데, 내 내면에서는 그렇지 않았다. 준비된 것을 어떻게 표현할 수 있을지, 전문가가 만든 작품을 대중에게 전달하면서 어떻게 아름답게 만들 수 있는지를 고민했다. 그것이 작품에 대한 성의라고 생각했다. 그것이 혼신을 다하는 것이라고 생각했다.

녹음할 때는 작곡가의 의도대로 노래하려고 노력하고, 무대 위에서는 안무가가 만든 안무를 정확하게 추었다. 그뿐이라면 내가 아닌 누가 해도 상관없을 테니, 나름대로 가사를 곱씹고 표정을 더해 조금이나마 나의 개성을 담아 표현했다. 나의 목소

리와 표정으로 대중에게 전달하는 건 나밖에 할
수 없다고 여기고 노력했다.

　나는 아이돌이란 '표현의 전달자'라고 생각한
다. 표현하는 데 그치지 않고 받아들이는 사람에게
온전히 전달하는 것이 진정한 아이돌이다. 아이돌
중에는 처음부터 자아를 과도하게 표현해서 눈살
을 찌푸리게 만드는 이도 있는데, 이는 자기만족에
지나지 않는다. 가장 가까운 관계자들을 무시하고
자아를 강조하면 대중에게 전달되지 않는다. 그래
서 나는 그런 사람은 그 정도 실력밖에 안 되는 거
라고 생각하고 반면교사로 삼았다.

　아이돌을 '표현의 전달자'라고 한다면, 아티스
트는 어떻게 설명할 수 있을까? 아티스트는 예술
작품을 창조하는 사람이다. 나는 아티스트가 '스스
로 창조한 표현을 건네는 사람'이라고 생각한다.
그렇다면 아티스트란 '표현의 수집가'라고 할 수

있지 않을까? 자신의 표현 자체를 전달한다기보다는, 누군가와 공감하고 자신의 생각과 감정을 건네기 위해 표현을 수집하는 것이다. 그래서 아티스트는 보편적인 감정을 표현해내야 한다. 그런 만큼 언제, 누구에게 전달되는가는 중요하지 않다. 반내로 아이돌은 대중적인 감정을 표현하고 전달하는 대상이 지금 당장 필요하다.

사실 아이돌인지 아티스트인지 단정할 수 없다. 어쩌면 양쪽의 성향을 모두 가질 수도 있다. 그래도 나는 이것이 아티스트와 아이돌의 차이라고 생각한다.

나도 이 차이에 대해 고민했던 적이 있다. 아이돌로서는 표현을 전달하여 누군가가 기뻐하면 의미가 있다. 그렇지만 전달하는 내용이 내 순수한 감정이 아닌 만큼 불성실한 건 아닐까 답답해졌고, 아티스트처럼 솔직한 감정을 표현하고 싶다는 생각에 아이돌로서의 자신에게 회의가 들었다. 그리고 아이돌은 어떠해야 한다는 식의 주위의 강압에 낙담하고 감정이 무너지기 시작할 때 아트라는 표현 방법을 만났다. 그래서 전시회를 열어 진정한 나는 이러하다고 아트를 통해 외쳤다. 이렇게 책을 쓰는 것도 '표현의 수집가'로서의 기질이 있기 때문일지 모르겠다.

아이돌의 정의가 규정되지 않는 한 아이돌은 이러이러해야 한다는 논란은 계속될 것이다. 그러나 아이돌이 '표현의 전달자'로서 대중에게 무언가를 전달하는 멋진 존재라는 점은 틀림없는 사실이다. 나는 앞으로도 '표현의 전달자'와 '표현의 수집가'로서 양쪽의 위대함을 체현하고 싶다.

● 저자는 2021년 한국과 일본에서 〈Made in Kenta〉라는 개인 전시회를 개최하여 회화 및 다양한 창작 예술작품을 전시했다.

노력, 그 이후

"포기하지 않으면 꿈은 이루어진다."

내가 스스로 되뇌는 비장의 주문이다. 나도 10대 무렵엔 이 말을 믿고 꿈을 위해 필사적이었다. 그러나 알다시피 포기하지 않아도 이루어지지 않는 일이 있다.

그래서 나는 늘 이렇게 말한다.

"포기하지 않으면 행복해진다."

전력을 다해 노력하면 목표를 달성하지 못해도 행복해질 수 있다. 이것은 내 경험을 바탕으로 한 깨달음이다. 이렇게 말하면 꼭 어떻게 노력해야 하는지 묻는 사람이 있다. 그런 건 스스로 고민할 문제이지만 내가 생각하는 노력에 대해 이야기하고 싶다.

노력에는 두 종류가 있다. 먼저 '알려는 노력'이다. 대개 노력이라고 하면 떠오르는 것으로, 좋아하는 대상을 알려고 하는 행동이다. 스포츠든 예술이든 연구든, 모든 일은 연습이나 공부에 시간이 많이 걸린다. 당연하다. 모든 것은 '번뜩임'을 얻기 위한 기나긴 과정이다.

번뜩임이란 달리 말하면 인스피레이션[inspiration]인데, 머릿속에서 반짝 떠오를 때 그것을 표현할 능력이 없으면 번뜩임은 단순한 망상으로 끝나버린다. 예를 들어 축구할 때 머릿속에서 번뜩인 이미지대로 몸을 움직이면 환상적인 플레이를 할 수 있다. 그러나 떠오른 이미지대로 몸을 움직일 수 없으면 그 플레이를 할 수 없다. 천재가 아닌 한, 기초 지식을 모르는 사람의 번뜩임은 먼지가 되어 사라진다. 지식은 정보를 나름대로 생각하고 답을 도출하는 일로, 알려는 노력을 통해 얻을 수 있으며 그 노력이 보석이 먼지가 되지 않도록 닦아 준다.

그렇지만 '알려는 노력'과는 별도로 또 다른 노력을 동시에 진행해야 "포기하지 않으면 행복해진다"는 말이 현실이 된다. 그것은 '즐기는 노력'이다. 나는 언제든 즐기려는 노력을 게을리하지 않았다. 만사를 대수롭지 않게 여겨 대충 살았다는 말이 아니다. 오히려 만사에 진지하게 임했다. 한국에 와서 말이 통하지 않아 힘들 때도, 연습실이 갑자기 없어졌을 때도, 춤과 노래와 한국어를 따라가지 못할 때도, 방송에 전혀 나가지 못했을 때도, 데뷔한 후 잠을 못 잤을 때도, 그룹이 해체했을 때도,

조울증에 걸렸을 때도(라고 하기엔 왠지 미안하다), 빚이 생겨 내일 먹을 게 없을 때도, 언제나 즐기려고 노력했다. 남들은 푸념만 늘어놓을지 몰라도, 나는 지금의 상황을 어떻게 하면 즐길 수 있을까에 집중했다.

이것은 현재에 집중한다는 말이기도 하다. 과거나 미래, 어제나 내일을 생각하지 않고 오늘, 지금 이 순간에 전력을 다했다. 그렇게 해서 어떤 환경이나 상황도 즐길 자신이 생기자, 괴로움에 대한 두려움이 사라지고 기회를 놓치지 않고 뛰어들 용기가 생겼다. 그리고 행운이 따랐다. 항상 즐길 수만은 없으니 때론 의기소침할 때도 있고, 두 달 동안 침대에서 일어나지 못하기도 했다. 그런 때는 포기했다.

이렇게 목표를 세우고 '알려는 노력'과 '즐기는 노력'을 최선을 다해 쏟아부으면, 원하는 목표 지

점에는 이르지 못해도 그다음에 나아갈 길이 보인다. 그 길이 원하던 방향이 아니더라도 최선을 다하면 어느 순간 행복해하는 나 자신을 깨달을 것이다.

나는 "한국에서 아이돌을 하는 이유가 무엇인가?"라는 질문을 받곤 한다. 전에는 케이팝이 나에게 꿈을 주었기 때문에 나도 꿈을 주고 싶다고 말하곤 했는데, 그런 특별한 이유는 아닌 것 같다. 그보다는 노력한 그 후에 무엇이 있는지 직접 확인하고 싶기 때문이다. 목표로 삼는 큰 무대에 서서 그 광경을 확인하고 싶다는 의미가 아니라(물론 그것도 보고 싶지만), 나만이 할 수 있는 일을 시도한 끝에 과연 무엇이 만들어졌는지 보고 싶다는 말이다.

지금까지는 하얀색 물감에 검은색 물감을 섞으면 어떻게 될지, 이미 누군가가 만들어둔 답을 직접 확인하고 싶어서 도전했다면, 지금의 나는 푸른

색 물감에 노란색 물감을 섞으면 어떤 색이 될지, 더 나아가 여러 가지로 방법과 내용을 바꾸며 다양한 결과를 보고 싶다고 생각한다.

예를 들어 일본에서 일본인이 옷을 만드는 것과 일본인이 한국에서 옷을 만드는 것은 사람들이 보는 시선이나 의미가 다르다. 한국에서 만들면 한국인의 반응도 볼 수 있고, 그것을 일본에 가지고 가면 일본인의 반응도 볼 수 있다. 그런 것을 보고 싶은지 모른다. 아니, 어쩌면 그것만이 아니라는 생각도 들지만 지금의 나에게는 이게 표현의 한계다. 언젠가 또 이 이야기의 속편을 이야기할 수 있을 때까지 더 좋은 표현 방법을 알아내려 노력해야겠다.

개인적인 이야기로 흘렀지만, 이것이 내가 한국에서 아이돌을 하는 이유다. 내가 보고 싶었던 것을 전부 확인하면 갑자기 한국에서 자취를 감출지도 모른다. 하지만 그때까지는 일본인 케이팝 아이돌 타카다 켄타로서 많은 사람의 도움을 받고 살아갈 예정이다. 그리고 노력한 끝에 있는 행복한 나를 만나기 위해 나는 포기하지 않을 것이다.

성 공 을 버 려 라

나의 아이돌 인생은 시작부터 숫자로 평가받았다. 그래서 "성공했네"라는 말을 듣곤 했다. 데뷔하니 "성공했네", 음악방송에서 1위를 하면 "성공했네" 라고 했다. 그 말을 들을 때마다 나는 성공이 무엇인지 생각하고 답을 찾으려 했지만, 결국 찾지 못했다. '성공이 곧 행복'이라고 느끼지 않았기 때문이다.

성공이란 사람마다 규모나 형태가 다르다. 그런데 똑같다고 생각하는 사람이 많은 것 같아 위화감을 느끼고, 그런 기준을 강요하는 사람에게 거부감도 들었다. 성공을 단순한 판단 기준으로 평가한다고 생각했기 때문은 아닐까? 인터뷰에서도 성공한 비결이 무엇이냐고 물을 때마다 '이 사람은 생각이 없나'라고 여길 만큼 성공이라는 말로 나의 인생을 가늠하려는 게 성의 없게 느껴졌다.

그렇지만 성공의 기준을 정해놓고 사회와 학교에서 주입하기 때문에 '대단한 일을 하는 사람은 성공했다'라는 식으로 애매하게 성공을 파악하는 것은 아닐까 싶다. 만약 내가 데뷔하지 않았다면 성공한 사람이 아닌 걸까? 대학교에 가지 않은 나는 성공한 사람이 아닐까? 그렇지는 않다. 나는 매 순간 열심히 살았기에 목표를 달성했을 뿐이다. 달리 말하면 노력한 끝에 목표를 달성한 것뿐이다. 그러니 성공이라는 말은 버려야 한다.

타리타욕 [他利他欲]

10대 시절에는 누군가와 함께하면 무엇이든 할 수 있다고 생각했다. 친구와 있으면 나쁜 장난을 쳐도 무섭지 않았고, 어른도 이길 수 있다고 생각할 만큼 무서울 게 없었다. 소위 중2병이 도진 그 시기에는 사리사욕으로 남에게 상처를 주는 일도 있었다. 그 행동은 자신을 지키기 위한 갑옷 같은 것이었는데, 항상 무언가에 반항해서 존재 의의를 찾으려 했던 것 같다.

이런 생각은 나만 한 것은 아니다. 예를 들어

언어를 배우기 위해 해외 유학을 한 사람들 중에 일본인들끼리 어울리다가 결국 외국어는 늘지 않은 채 귀국했다는 이야기를 들을 때가 있다. 여러 가지 요인이 있겠지만 말이 통하지 않는 불안한 환경에서 자신을 지키기 위해 일본인 커뮤니티를 찾아 외부인이라는 약점을 감추려다가 본래의 목적을 놓친 것이다.

안정감을 느끼는 곳에 머물고 싶어 하는 건 인간은 항상 어딘가에 '소속'되며 그 영역에서 벗어났을 때 불안함과 중압감을 느끼기 때문이다. 즉, '~로서'라는 말을 들었을 때 눈에 보이지 않는 중압감과 책임감을 느낀다. 사회인으로서, 남자로서, 한국인 또는 일본인으로서라는 식이다. '~로서'라는 말은 '소속'을 제시하는 동시에 그 일원으로서 책임감을 가지라는 의미가 담겨 있다. 그래서 '소속'에서 벗어나는 데 두려움을 느끼거나, '소속'된 장소로 돌아가고 싶어 한다.

어릴 때는 그런 책임에 대한 반발심으로 반항적인 말이나 행동을 하고, 친구들과 있으면 허세를 부리곤 한다. 그래서 그런 시기에 '소속'에서 벗어나 자기 자신과 마주하면 살아가는 의미를 발견할 수 있다.

나는 스무 살에 일본을 벗어나 모든 걸 혼자서 해결해야 했고, 그러면서 나와 마주하는 시간이 늘었다. 20년간 살아오며 인생에서 배운 상식이 허물어지자, 나의 존재 의의를 다시금 찾아야 했다. 그 과정에서 나 자신이 아무것도 아닌 것 같은 자기부정의 시간도 늘었다. 오히려 말과 상식이 통하지 않자 나라는 존재가 선명하게 보이기 시작했다. 그리고 객관화가 가능해졌다. 이 경험으로 내가 알던 밝은 성격의 나는 내 안에 있는 어둠을 감추기 위해 만들어낸 거짓된 나였다는 사실을 깨달았다.

그러고 나서 나라는 존재를 사랑할 수 있었다. 5~6년에 걸쳐 서서히 나를 사랑한다는 말의 의미를 이해했다. 이렇게 나를 상처 주고 사랑하는 법을 배움으로써 어느새 혼자라는 두려움이 사라졌다. 무슨 일이 닥치든 어떻게는 할 수 있다고 나를 믿을 수 있었기 때문이다. 그리고 나를 믿고 스스로를 돌보면서, 자연스레 주위로 시선이 향했다. 지금 내가 속한 곳에서 어떻게 행동하는 게 좋은지, 우리를 지탱해주는 스태프들에게 부족한 건 무엇인지, 그 사람들을 위해 나는 무엇을 할 수 있는지, 주위를 파악하고 내가 서 있는 위치나 해야 할 일을 찾아낼 여유가 생겼다. 그러면서 타인을 위해 행동하는 것이 소중하다는 사실을 알았다.

내가 가장 두드러져 보이고 싶다거나, 누구보다 돈을 많이 벌고 싶다고 생각한 적도 있었다. 연예계에서 멤버를 짓밟거나 그룹의 스태프에게 상처를 주면서까지 자신의 길을 가는 사람을 본 적이 있는데, 잘못된 사리사욕을 부린 사람의 끝을 보면 내 생각이 틀리지 않았다는 생각이 든다.

타리타욕이라는 말은 나의 멘토라고 할 수 있는 인생 선배에게 배웠다. 사리사욕은 나의 이익만을 생각하고 행동하는 것인데, 타리타욕은 그와 반대로 타인의 이익을 위해 행동하라는 뜻이다. 이런 삶의 방식을 살아가는 사람은 지구상에 얼마나 될까? 자신이 '소속'한 곳의 일원으로서 주위를 위해 살아가고 있는가? 규모는 상관없다. 가족이라면, 배우자를 위해, 아이를 위해, 부모를 위해 살고 있는가? 회사라면, 고객을 위해, 동료를 위해 어떤 행동을 하고 있는가? 사회를 위해, 인류를 위해 당신은 무엇을 하고 있는가?

지구를 위해 살라는 것이 아니다. 타리타욕으로 살아가는 것은 한편으로는 사리사욕으로 살아가는 것이기도 하다. 타리타욕으로 살아가는 게 결과적으로 나의 이익이 되는 삶의 방식을 모색할 필요가 있다는 말이다. 특히 젊은 세대는 자기 자신과 많이 마주하고 자신에게 상처 주기를 바란다. 나이를 먹으면 자신에게 상처를 준 채 되돌리지 못할 가능성이 높기 때문이다. 게다가 해가 갈수록 삶의 방식을 바꾸겠다고 마음먹기가 어렵다. 그래서 조금이라도 젊을 때 자신을 인정하고 타리타욕으로 살아가기를 바란다. 이것이 진정한 의미의 글로벌리제이션이자, 다가올 시대에 바람직한 모습이라고 나는 생각한다.

전하다

내 안의 모든 것이 소진된 시기가 있었다. 그때 갑자기 이틀간의 휴가가 생겼다. 당시 이틀 연속으로 휴가를 받은 적이 없었기 때문에 어디로든 가야겠다고 생각했다. 그래서 이시가키섬에 가는 비행기를 탔다. 지금 생각해도 왜 그곳이었는지 모르겠는데, 좌우간 나를 부르는 것 같았다.

무엇을 할지, 어디를 갈지, 아무것도 정하지 않은 채 숙소만 정하고 작은 가방을 들고 여행을 떠났다. 감사하게도 거리에서 알아보는 사람도 많았는데, 그러다 보니 '아이돌 타카다 켄타'로 행동해야 한다는 의식이 강해서 '인간 타카다 켄타'로 세상을 느끼고 표현하는 것을 두려워했다. 나를 모르는 사람과 인간 대 인간으로 만나고 싶다, 내가 무엇을 느끼고 어떤 생각을 할지 있는 그대로 알고 싶다고 생각했다. 그래서 아이돌이라는 신분을 감추고 게스트하우스에 머물렀다. 주제도 모르고 대단한 스타인 양 잘난 체한다고 할지 모르지만, 당시의 나는 진지했다.

섬에 도착하자 따스한 햇살과 바람이 포근하게 나를 감싸며 잘 왔다고 말해주는 듯했다. 게스트하우스의 문을 열자 한 청년이 맞아주었다. 늘씬한 체구에 보기 좋게 그은 얼굴로 밝게 웃으며 "안녕하세요"라고 인사했다. 나처럼 덧니가 빛나고 있었다. 어디에서 왔는지 물어서 한국에서 왔다고 대답하자, 그가 "아이돌 같아요"라고 말했다. 내심 들키

는 건 아닌가 마음을 졸이며 유학생이라고 적당히
둘러댔다.

체크인하며 이야기를 나누었는데, 그날은 일주
일에 한 번 개최하는 다코야키 파티라고 했다. 꼭
참가해달라고 권하는 모습이 밝아서, 평소 낯을 가
리지 않는 내가 오히려 수줍어졌다. 참가는 자유라
고 해서 생각해보겠다고만 하고는 짐을 풀었다. 거
리를 산책하러 밖으로 나오니 해가 지기 시작했고,
아무런 생각 없이 바라보며 시간을 보냈다.

차츰 거리에 어둠이 깔리자 배가 고파졌다. 문
득 시계를 보니 다코야키 파티를 할 시간이었다.
갑자기 다코야키가 먹고 싶어져서 게스트하우스로
돌아왔다. 거실에는 현지 중학생과 게스트하우스
직원, 숙박하고 있는 손님 10여 명이 모여 있었다.
어째서인지 케이팝이 흐르고 있었는데, 친구의 노
래도 나왔다. 순간 들켰나 싶어 조마조마했지만 그

건 아닌 듯했다.

각자 자기소개를 하고 다코야키를 먹으며 이야기를 나누었다. 체크인할 때 만난 청년은 쓰카사, 나이는 스물하나, 가가와현 출신으로 파티셰 공부를 한다고 했다. 지금은 가게를 여는 게 꿈이라며 직접 만든 케이크를 나누어주었다. 나보다 네 살 어린 친구인데도 그의 실천력에 자극받았다. 그리고 사이타마현에서 이주한 고헤이는 이시가키섬의 자연을 지키기 위해 활동하고 있다고 했다. 모두 나처럼 이시가키섬이 부르는 것 같은 느낌이 들어 이곳에 왔는데, 마음이 너무 평화로워 그대로 머물게 됐다는 말을 듣고 부러웠다. 자기가 하고 싶은 일을 그대로 표현하고 그것이 누군가의 힘이 되는 과정을 실감하는 것처럼 보였기 때문이었다.

나도 아이돌이라는 활동에 자부심을 가지고 있었고, 나의 활동을 통해 용기를 받거나 살아갈 힘을 얻는다는 말을 들은 적이 많았다. 하지만 항상 나라는 존재가 어딘가 멀리 있는 느낌이 들고, 내 경험에서 느낀 감정을 있는 그대로 표현하여 누군가에게 힘이 되고 있다고 체감하지 못했다. 그래서 왠지 남의 일처럼 느껴져 순수하게 기뻐하지 못했다.

물과 기름을 섞으려 해도 분리되듯, 내 안에 있는 순수한 감정과 그런 나를 감추어야 하는 괴리된 현실이 나를 괴롭히고 있었다. 그래서 진심으로 누군가의 힘이 된다는 걸 느끼고 싶다고 생각했는지도 모르겠다.

마지막 날에 쓰카치(급속도로 친해져서 쓰카사에게 내가 마음대로 붙인 별명)와 다른 직원들과 이자카야에 갔다. 사실 마지막까지 정체를 밝히지 않고 돌아갈 생각이었지만, 함께 지내며 많은 이야기를 나누던 중에 '인간 타카다 켄타'로서 순수한 감정을 느끼고 공유할 수 있어서 정말 기뻤다. 이 인연을 이곳에서 끝내고 싶지 않다는 생각과 이 사람들이라면 내가 누군지 상관없이 앞으로도 친하게 지낼 수 있을 것 같았다. 그래서 아이돌이라고 말했다. 처음에는 모두 깜짝 놀랐지만, 그렇다고 나를 이용하려는 사람은 아무도 없었다.

그로부터 2년쯤 지나, 나는 일본에서 전시회를 열었다. 거짓 없는 나의 마음을 솔직하게 표현하고 전할 장소를 만들고 싶었다. 이시가키섬에서 만난 쓰카치는 그동안 가게를 가가와에서 오픈했다. 자신이 한 말은 실행에 옮기는 그와 전시회에서 무언가 함께하고 싶었다. 그의 가게에서 만드는 카눌레와 전시회의 테마인 '인생의 빛'을 조합하여 미각으로 느끼는 아트를 개발하기로 했다. 그가 흔쾌히 승낙해서 가가와로 갔다.

그때 우연히 이시가키섬에서 놀러 온 고헤이와

도 2년 만에 재회했다. 고헤이 씨는 그날 돌아가야 했기 때문에 버스 시간까지 10여 분 동안 여러 이야기를 나누었다. 그러다가 그가 자연과 더불어 살아가며 다양한 문제에 솔선수범하여 활동하는 그 끝에 무엇이 있을까 궁금해졌다. 나는 왜 그렇게 사는지 물어보았다. 그러자 이런 대답이 돌아왔다.

"나는 나의 행동으로 사람을 변화시키려는 게 아니라 나의 행동을 받아들이는 사람의 인생이나 가치관이 어떻게 변화할지 생각하고 행동해. 그래서 표현하고 전달하는 게 목적이 아니라 그 후로 받아들인 사람이 어떻게 살아가는가가 중요해."

나는 흠칫 놀랐다. 표현하고 전하는 것만으론 자기만족에 지나지 않는다. 예를 들어 플라스틱을 줄이기 위해 플라스틱을 재활용한 물건을 판매한다고 하면, 정작 재활용한 물건이 버려질 경우 플라스틱은 줄어들지 않는 셈이다. 물건을 산 사람이 어떻게 생각하고 플라스틱을 줄이기 위해 행동하는지, 그 사람의 가치관이 어떻게 바뀔지를 생각하고 움직이는 것이 '전한다'는 말의 진정한 의미라는 사실을 깨달았다. 마침 전시회 준비를 하고 있던 나에게 무거운 과제가 주어신 것 같은 기분이 들었다.

고헤이와 헤어진 후, 내가 표현하고 싶은 게 어떻게 전해질지, 이를 받아들일 사람의 인생이 어떻게 변할지를 상상하면서 전시회 준비를 마쳤다. 다행히 카눌레를 비롯해 전시회는 훌륭했다. 그것은 내가 전하고자 한 것을 많은 사람이 받아들였기 때문이라 생각한다.

받아들인 사람의 인생이 어떻게 바뀌었는지 알수 없지만, 나는 이 경험을 통해 전한다는 것이 무엇인지 그 의미를 깨달을 수 있었다. 그리고 늘 괴리되어 있던 '아이돌 타카다 켄타'와 '인간 타카다

켄타'가 된 듯했다. 내가 표현하는 것이 아이돌이
건 인간이건, 내가 전한다는 사실에는 변함이 없음
을 깨달았기 때문이다.

미완성

나는 나를 잘 모릅니다. 아마 당신도 당신을 잘 모를 것입니다.

어제의 당신은 아름다운 것을 보고 기뻐하는 당신을 알았을 테고, 오늘의 당신은 무언가에 화를 내는 당신을 알았을 것입니다. 나 자신을 완벽하게 알기란 성인이 아니고선 어려운 일입니다. 그래서 사람은 내가 모르는 나를 알기 위해 이상이나 꿈을 좇으며 다시 그 앞에 미완성의 내가 있다는 사실을 깨닫습니다.

나도 미완성인 내가 싫어서 그런 나를 감추려 노력하고, 감추는 편이 살아가기 편하다고 생각한 적이 있습니다. 끝없는 달리기에 자신감을 잃고 나는 안 된다고 움츠리고 있었더니, 몸을 둥글게 만 공벌레처럼 혼자 힘으로 나아갈 수 없어 데굴데굴 굴러만 가는 인생에 슬퍼지기도 했습니다.

그러던 어느 날, 이상도 꿈도 나도, 완벽은 존재하지 않는다는 사실을 깨달았습니다. 완벽은 누군가가 만들어낸 우상에 지나지 않고, 내 안의 완벽은 미완성인 나라는 걸 알았습니다. 그리고 자신을 완벽하게 알지 않아도 괜찮다고 생각하자, 안 된다며 한 발도 내딛지 못하던 내가 '나니까'라며 앞으로 나아갈 수 있었습니다.

나를 아는 건 중요합니다. 나에 대해 책임감을 가지고 알아야 합니다. 그렇다고 해서 나에게 없는 것만 보고 의기소침해하는 건 안타까운 일입니다.

'나니까' 할 수 있는 일이 있듯, '당신이니까' 할 수 있는 일도 있습니다. 일상의 사소한 일에 어떤 기분이 들었는지, 무엇을 좋아하고 무엇을 싫어하는지에 분명 답이 있습니다.

나 니 까

어느 날, 아이돌은 감정을 표현하지 않는 편이 좋다는 말을 들은 적이 있다. 영향력이 있을수록 자신의 의견을 숨김없이 표현하는 게 위험할 때도 있고, 얼굴도 모르는 사람의 인생이 달라질 가능성도 있다는 점에서 책임감을 가질 필요는 있다.

다만 나는 아이돌은 가수이자 표현가라고 생각한다. 그래서 표현하는 사람으로서 표현의 본질을 무시하면 안 된다고 느꼈다. 옛날에 기쁨을 춤으로 표현하고 축제나 의식 때 염원을 담아 음악을 연주한 것처럼, 나는 나의 경험과 감정을 표현할 필요가 있으며 그럴 가치가 있다고 확신한다.

내게 조언해준 사람은 아이돌 경험자였다. 그는 이미지를 지키기 위해 그럴 필요가 있다고 했는데, 그 말대로라면 표현가가 아닌 기계가 뇌고 만다. 입력된 것을 출력하는 컴퓨터 화면처럼 무생물이 되면, 노래를 부르건 춤을 추건 정보를 전달하는 역할밖에 하지 못한다. 나는 거부감이 들었다. AI가 춤추며 노래하는 것과 아무 다를 바가 없었다. 우리는 무생물이 아닌 인간이기 때문에 온기를 전할 수 있고 감정을 전할 수 있다.

그리고 이미지에만 신경을 쓰는 건 도망치는 것에 불과하며, 도전적이지 않다. 내가 한국에 오겠다고 도전한 것, 내가 책을 쓰겠다고 도전한 것이 결과적으로 누군가에게 힘이 된다고 믿고 있으며, 그것이 바로 나의 가치다.

앞으로도 일본인인 나는 한국에서 도전을 멈추지 않을 것이다. 그것이 '나니까' 가능한 일이라고 믿으며.

스페셜 기획 대담

케이팝 당사자와 관찰자가 말하는
깊고 진솔한 한국 엔터테인먼트 토크

후루야 마사유키

홋카이도에서 라디오 DJ로 활동을 시작해서
20여 년 전부터 일본에서 케이팝을 정착시키려
노력해왔다. 수많은 케이팝과 한국 드라마
이벤트에서 사회를 맡았으며, 한국
엔터테인먼트 팬이라면 모르는 사람이 없다고
할 정도다.
저서로 《K-POP 백 스테이지 패스》 등이 있다.

켄타 후루야 씨는 제가 유일한 일본인 연습생으로 출연한 〈프로듀스 101〉 시즌 2를 어떻게 보셨나요?

후루야 일본인인 것과는 관계없이 반드시 살아남을 거라 생각했습니다.

켄타 예? 무슨 말씀이세요? (웃음)

후루야 그런 캐릭터가 한국의 오디션 방송에 나오리라곤 아무도 상상하지 못했을 것 같아요. 냉철한 성격 대신 긴장된 분위기를 바꿀 수 있는 따듯한 캐릭터는 방송을 제작하는 쪽에서도 원합니다. 지금까지의 경향을 보면 데뷔는 어려울지 몰라도, 어떤 형태로든 연예계 활동은 하리라 생각했습니다. 그런데 설마 파생 그룹일 거라곤 생각 못 했죠.

켄타 저도 그건 정말이지 상상도 못 했어요. 감사하게도 팬들의 뜨거운 성원 덕분에 JBJ로 데뷔할 수 있었습니다. 그리고 일본 이벤트에서 존경하던 후루야 씨가 사회를 맡아주셨지요. 그때 꿈이 하나 이루어졌다고 생각했습니다. 일본인뿐 아니라 케이팝 아이돌에게 후루야 씨의 존재는 연예인이 연예인을 동경하는 것 같은 감각이죠. 3~4세대 케이팝 아이돌에게 토대를 만들어주었다고 생각하기 때문에 후루야 씨와 함께했을 때는 정말 긴장했고 기뻤습니다.

후루야 지금 와서 하는 말인데, 제가 개인적으로 연락처를 교환한 스타는 켄타 군이 처음이에요. 본래 메신저도 쓰지 않아서 아내와는

메일로 연락할 정도니까요. (웃음)

켄타 저도 실례가 아닐까 싶어서 먼저 연락처를 묻지 못하는
편입니다. 하지만 후루야 씨와 함께할 기회가 늘어난 데다, 후루야
씨는 무대 뒤에서도 따뜻하게 대해주셨습니다.

후루야 방금 그 말은 꼭 책에 실어주세요. (웃음)

켄타 JBJ95가 된 후로, 회사의 문제도
있고 해서 신경을 많이 써야 했어요.
그로 인해 현장에서도 신경이
날카로워졌는데, 후루야 씨가
"괜찮아? 요즘 어때?"라고 말을
걸어주셔서 이대로는 안 된다는 걸
깨달았습니다. 객관적으로 케이팝을
바라보는 후루야 씨인 만큼 이야기를
들어볼 수 있겠다고 생각했고, 지금이

아니면 기회가 없을 것만 같아 연락처를 물어보았습니다. 그랬는데
놀랍게도 후루야 씨가 같이 식사하자며 말씀해주셨지요.

후루야 연예계 관계자라면 알겠지만, 저는 1년에 두세 번 정도밖에
회식을 하지 않습니다.

켄타 아, 그렇습니까? 그중 한 번이 그때 빌리스[billis]? (웃음)

후루야 하라주쿠에 있는 빌리스죠. (웃음)

켄타 가게가 열리자마자 들어가서 팬케이크를 먹으며 아주 무거운
이야기를 했죠. (웃음)

후루야 맞아요. (웃음) 저는 약 20년 전부터 욕먹어가며 일본에 한국의 엔터테인먼트를 소개했지요. 그 과정은 결코 쉬운 길이 아니었고, 믿었던 사람에게 배신당한 적이 너무 많아요. (웃음) 그래도 힘들 때 지지해준 사람이 있어서 극복할 수 있었으니, 저도 그에 보답하고 싶었거든요. 그래서 조금이나마 힘이 될 수 있으리라 생각해서 연락한 거고요. 한국 연예계에서 일하는 환경이 힘든 건 매니저를 비롯해 스태프도 마찬가지잖아요. 게다가 교체도 잦고. 같은 스태프와 계속 함께하면 의논할 수도 있지만 그렇지 못한 것도 힘든 일이죠?

켄타 네, 매니저는 아티스트에게 가장 가까운 존재잖아요. 그런데 한 그룹에 세 명 정도 있는 매니저가 계속 바뀌니 부담 같은 건 있습니다. 당연히 멤버도 자기 일만으로도 정신이 없고 벅차고요.

후루야 모두 용량 초과죠. 최근 들어 극히 몇 안 되는 톱 클래스 아티스트밖에 성공할 수 없다는 게 알려지면서, 한국 내에서는 아이돌을 지망하는 아이들이 예전처럼 많지 않아요. 그럼에도 한국에 가면 세계적 스타가 될 수 있다고 생각하는 일본인 연습생은 점점 늘고 있습니다. 데뷔한다고 해도 갈등도 많을 테고, 일본으로 돌아가고 싶어도 계약 문제로 돌아갈 수 없기도 한데. 그런 현실과 마주할 시기가 왔다는 생각은 합니다.

켄타 제가 최근 절실히 느끼는 게 SNS 리터러시처럼 '아이돌 리터러시'가 필요하다는 것입니다. 아이돌 본인보다는 아이돌을 제작하는 기획사나 응원하는 팬이 자각하지 않으면 안 됩니다. 케이팝의 규모가 너무 커져서 지구 반대편에 있는 브라질이나 미국에서도 한국과 같은 시스템이 통용되는데요. 예를 들면 한국처럼 팬과 가까운 거리에서 팬 사인회를 여는 것이 어느 나라에서나 당연한 시대가 되었는데, 당연히 그에 따른 위험이 많거든요. 그런 부분을 기획사나 팬이 깊이 생각하지 않는 건 큰 문제라고 생각합니다. 현재는 아직 매뉴얼이 없기 때문에 마음의 병이 생기거나 스스로 목숨을 끊기도 합니다. 이런 일은 인간적인 차원에서 생각하더라도 절대로 일어나서는 안 됩니다. 글로벌 시대에 세계가 즐기는 케이팝인 만큼 좀 더 세세한 시선으로 살피며 규칙을 만들어야 하는 부분이라고 생각합니다.

후루야 세상의 평가 척도가 수치로만 편중된 탓에 리터러시를 잃어버린 면도 있습니다. 예를 들어 SNS에서도 팔로 수에만 관심이 팔려 그 사람이 말하는 콘텐츠 내용과 질은 평가받지 못하잖아요. 그러면 수치를 늘리기 위한 노력밖에 하지 않기 때문에 리터러시가 설 자리는 없어집니다. 논란을 일으키거나 프라이버시를 팔수록 팔로 수는 늘어나지만, 결국 자기 자신을 희생하는 셈이죠. 그런 부분은 본래 소속사가 제어해야 하는데, 오히려 그렇게 하라고 재촉하는 경우도 있죠. 그래서 결국 부담이 지나쳐서 자신도 모르는 사이에 SNS 공포증에 빠지는 경우도 있습니다.

켄타 케이팝이 글로벌화되어 거대한 장르가 되었지만, 이대로 가면 케이팝계가 붕괴하고 축소되지 않을까 싶습니다. 각각의 장르로 분화된 장점을 다시금 확인하는 시대로 변할 수도 있어요. 그래서 저도 '나는 누구인가?'라는 테제를 깊이 모색하고 있습니다.

후루야 그렇게 되면 해외시장에서 가장 큰 영향을 받는 건 일본이

아닐까요? 저를 포함해 지금까지 케이팝이나 한류에 관해
비즈니스를 하던 사람들에게는 향후 10년은 어려운 시기가 되겠지요.
그런데 진정한 글로벌화가 이뤄지면 K나 J라는 틀은 더 이상 필요
없겠죠. 음악도 케이팝이란 장르가 아닌 아티스트 자체가 평가받을
겁니다. 이미 그런 시대가 된 것 같아요.

켄타 저도 깊이 공감합니다. 제 개인전 〈MADE in KENTA〉가 그
시작이기도 했습니다. 케이팝은 이렇다, 제이팝은 이렇다는 게
아니라 '나'라는 존재를 세계에 표현하는 시대가 되었고, 그것이
후루야 씨가 말씀하신 진정한 의미의 글로벌화라고 느낍니다.

후루야 표현하는 수단은 얼마든지 있으니 말이죠.

켄타 그래서 앞으로 케이팝을 목표로 하는 이들에게는 '나다움'이나
'나니까'라고 하는 요소가 더 중요해지지 않을까 생각합니다.

스페셜 기획 대담

일본인 케이팝 아이돌로
활약하는 친구이자 동료와의
유쾌한 추억 토크

ONF 유

2017년 8월에 ONF(온앤오프)의
멤버로 한국 데뷔. 댄스 퍼포먼스에
정평이 나 있으며, 한국인 멤버의
병역으로 활동을 중단한 기간에는
댄스 서바이벌 방송 〈Be Mbitious〉에
출연하여 존재감을 과시했다. 2023년
10월에 미니 앨범 〈LOVE EFFECT〉로
ONF 활동을 재개했다.

켄타 유짱(유의 애칭)과는 2019년 아이돌스타 선수권대회에서 우연히 옆자리여서 만났지. 그때 아직 친해지기 전이었지만 서로 얼굴은 알던 터라 의식은 하면서도. (웃음)

유 가슴에 '켄타'라고 등번호도 달고 있었으니까. (웃음) 하지만 대부분 일본인이라고 해도 연결 고리가 없으면 말을 걸거나 하지는 못하죠.

켄타 맞아. 팬도 보고 있으니 억측을 부르는 것도 좋지 않고. 그래서 나는 속으로 '어, 유라는 친구, 일본인 아닌가?'라고 생각했어. (웃음) 그런 점이 일본인답지. (웃음)

유 방송국에서 스쳐 지날 때도 일본인이란 걸 알고 있어도 면식이 없으면 "안녕하세요"라고 인사하죠. (웃음)

켄타 그 후에 2020년쯤 처음 개인적으로 만났지. 그래서 친해진 건 얼마 되지 않았어. 솔직히 내 첫인상은 어땠어?

유 친해지기 전엔 아주 착한 것 같다고 생각했는데, 실제로 만나서 이야기를 하니 정말로 착해서.

켄타 그만, 무서워! (웃음) 착한 것 같았는데 착하지 않았다는 말이 나올 줄 알았어. (웃음)

유 (웃음) 한국에서 활동하는데 일본인 친구가 있으면 좋겠다고 생각했고, 편하게 이야기를 나눌 수 있었어요.

켄타 유짱의 첫인상은 '어리다'는 느낌이었어. 네 살이면 아이돌 세계에서 꽤 차이가 크니까.

유 그래도 제가 속한 그룹(ONF)에는 켄타와 같은 95년생 형이 둘이나 있어요. 그래서 나이 차이가 많이 난다는 느낌은 들지 않았어요.

켄타 만남은 그런 식이었는데, 그 뒤로 어떻게 이렇게 친해진 거지?

유 집이 아주 가까웠죠.

켄타 아, 맞다. 맞다! (웃음)

유 대체로 모두 집이 멀거나 했는데 켄타는 아주 가까운 데 살아서, 그게 컸죠. 게다가 제가 이사한 후로 더 가까워져서. (웃음)

켄타 아무래도 모두 바쁘니 "지금 볼까?" 해서 만날 수 있는 사람이 소중하지. 그게 가능한 거리여서 이렇게 친해진 건지도.

유 ONF 멤버가 군대에 가서 활동을 쉬는 동안 켄타가 집에 놀러 온 적도 있었죠.

켄타 아마 설날 때 집들이 선물로 화장지를 가지고 갔지? (웃음) 그때 니쿠자가(소고기 감자조림)를 만들어줬지.

유 한국에 살면 니쿠자가 같은 일본 가정요리를 먹을 수 있는 곳이 별로 없잖아요. 그래서 예전에 혼자 처음으로 만들어봤는데 만족스러워서 켄타에게 만들어줘야지, 생각했어요.

켄타 너무 착한 거 아니야? 진짜 깜짝 놀랐고, 잘 만들어서 정말 맛있었어. 게다가 니쿠자가에다 무말랭이와 된장국도 곁들여 정식 같은 느낌으로 만들어줬잖아. 그 전에 일본에 갔다 와서 냉장고에 일본 조미료가 많이 있던 걸 기억해. (웃음) 옛날부터 자취했어?

유 요리는 멤버가 군대를 간 뒤부터 시작했어요.

켄타 와, 그런데 그 정도야? 대단한데. 소질이 있어. 난 일본에서 요리학원을 다녔는데도 요리 실력은 유짱만큼 안 될 거야. (웃음) 또 집도 깨끗했던 게 인상에 남았어. 청소도 잘하고 인테리어에도 신경 쓰는 것 같았고, 무엇보다 크리스마스트리까지 장식했지? 혼자 사는데도! (웃음)

유 (폭소)

켄타 나는 그런 일은 절대 불가능해. 청소도 내 방밖에 안 해. (웃음) 네 살이나 어리다고는 할 수 없을 만큼 혼자서 잘하네.

유 중학교 3학년쯤에 부모님 곁을 떠나 한국에 온 것도 큰 거 같아요.

켄타 한국에 산 건 나보다 선배네. 몇 년 됐지?

유 10년 정도요. 그리고 본래 성격이 그런 것 같아요. 깨끗한 걸 좋아하고 집의 분위기가 좋으면 안정감이 들잖아요.

켄타 그렇더라도 아무나 못 해. (웃음) 나로선 그런 배우고 싶은 점도 많지만, 서로 성향도 비슷하고, 처음부터 굉장히 호흡이 잘 맞았던 것 같아.

유 저도 똑같아요. 켄타는 이야기하기 너무 편해서 고민이 있으면 의논하고 싶어요. 말을 잘 들어주고 좋은 조언도 많이 해줘요.

켄타 기쁜걸. (웃음) 나는 조언을 한다기보다 일본인끼리 공감할 수 있는 부분이 많잖아. 그리고 ONF는 내 유일한 동기이기도 하고. JBJ가 ONF보다 두 달 뒤에 데뷔했는데, 같은 시기에 데뷔한 데다 일본인이란 점이 컸던 거 같아. 같은 시기에 데뷔하다 보니 그룹의 활동이나 고민도 대체로 비슷하고. 어쨌든 내가 네 살 많고, 예전에 선배가 내 이야기를 들어준 것처럼 유쨩에게 조금이라도 힘이 될 수 있다면 해주고 싶었어. 무엇보다 유쨩이 그런 마음이 들게 하는 사람이고. 유머러스한 부분도 있고, 아무튼 모난 부분이 없어. 예를 들어 기분 나쁜 일이 있으면 그걸 투덜대지 않고 "이런 일이 있었는데 어쩌죠?" 같은 식으로 말하지 않아? (웃음) 그런 점도 같이 있으면 재미있는 거 같아. 그래서 왠지 조언해주고 싶고, 주제넘지만 귀여운 동생 같아. 반대로 나한테 이런 점이 좋다는 건 없어? 나는 내 입으로 그런 걸 물어보는 타입이야. (웃음)

유 얼마 전에 방송국에서 우연히 만났잖아요. 그때는 바빠서 연락을 잘 못할 땐데, 켄타가 먼저 "유쨩, 지금 여기 있지? 나도 여기 있어"라고 연락해서 그게 고마웠어요. 한동안 연락을 안 하면 왠지 연락하기 어려워서 멀어지기도 하는데, 그런 부분까지 배려해주는구나 싶어 감동했어요.

켄타 일본이든 한국이든, 연예인이든 그렇지 않든, 연락처를 교환했지만 딱히 연락하지 않는 사람도 있잖아. 나도 요즘 바빠져서 이전처럼 자주 연락하지 못하지만 유쨩이 그렇게 생각해주는 것만으로도 고마워.

유 아까 잠깐 이야기했는데, 역시 같은 시기에 데뷔해서 공감할 수 있는 부분이 많기 때문에 저는 켄타와 이야기하는 것만으로도 힘이 돼요.

켄타 그건 나도 그래. 사소한 일이라도 유쨩이 말해주면 힐링이 되고, 스트레스가 쌓여도 저절로 해소되는 것 같아. 동기이고 집도 가깝고 정말 여러 요소가 기적처럼 딱 들어맞았던 것 같아.

유 지금도 이렇게 우연히 일본에서 스케줄이 겹쳐서 이야기하고 있으니 말이에요. (웃음)

켄타 정말 그래! (웃음) 이렇게 시간을 내줘서 고마워. 그리고 다른 친한 사람과는 일을 꽤 함께하는데, 유쨩과는 한국에서든 일본에서든 이제까지 한 번도 없었으니.

유 정말 그러네요.

켄타 그래서 신기한 느낌도 들고, 함께 촬영하는 것도 처음이어서 기뻤어. 앞으로도 잘 부탁해.

맺음말 　　　　아이돌을 꿈꾸는 이에게

처음 원고 의뢰를 받았을 때는 책을 쓸 자신이 없었다. 그 무렵은 나의 인생에 대해 깊이 고민하면서 앞이 보이지 않는 인생을 어떻게 걸어가야 할지 답을 찾고 있었다. 무대에서 은퇴해서 아무도 모르는 곳에 숨으려던 내가 책을 쓰고 그것이 누군가에게 힘이 되리라고는 생각조차 할 수 없었다. 처음에는 거절했지만, 2023년 초에 다시 책의 출판 의뢰를 받았을 때 나만이 쓸 수 있는 내용이 있을지도 모른다는 생각이 들었다. 아이돌로서의 경험이 누군가에게 도움이 된다면 분명 의미가 있다고, "아이돌이란 무엇인가?"라는 질문을 이 책을 통해 던질 수 있다면 아이돌업계의 미래가 조금은 바람직해지지 않을까 하고 생각했다.

당신은 "아이돌이란 무엇인가?"에 대한 답을 찾았는가? 어차피 아무도 이 질문의 답은 알지 못한다. 1,000명의 사람이 있다면 1,000개의 아이돌 상이 있으며, 각각의 정의는 그러데이션 같아서 명확하지 않다. 그래서 아름답게 느껴지고, 때로는 곤혹스럽다. 명확히 들어맞는 구분이 없으니 아이돌에 대한 정답과 오답이 뒤섞여 보인다. 애초에 정답도 오답도 없을뿐더러, 아이돌과 팬과 관계자는 각자 자기 안에서 답을 찾는다. 그것을 공유하는 장소가 '아이돌'이면 된다. 타인을 부정하고 자신의 아이돌 상을 관철하라는 것이 아니라, '아이돌다움'이라는 애매함은 공통분모로 남기고 그 아름다움을 함께 즐기기 위한 방법으로 나름의 답을 발견하길 바란다. 그렇게 하면 소비만 하는 아이돌이 아닌, 문화적인 아이돌의 형태가 명확해지지 않을까 싶다.

마지막으로 아이돌을 꿈꾸는 이에게 하고 싶은 말이 있다. 당신은 왜 아이돌이 되고 싶은가? 춤을 추고 노래를 부르고 싶어서? 동경하는 사람처럼 되고 싶어서? 아니면 부모님이 권해서?

저마다 이유가 있으리라. 하지만 돈을 많이 벌고 남들이 떠받들어주니 아이돌이 되고 싶다면, 언젠가 그 자리에서 내려와야 할 때 괴롭고 힘든 미래가 기다릴 것이다. 나도 한때 떠받들어지는 게 기뻤지만, 극히 한순간에 지나지 않았다. 먼저 일을 즐길 줄 알아야 한다. 즐기다 보면 돈과 주위의 사랑이 기다릴 테고, 진정한 의미에서 즐기려면 나를 사랑해야 한다. 자신이 춤을 못 춘다고 의기소침해하지 말고, 자신의 춤에서 장점을 발견하길 바란다. 사소한 일이라도 좋다. 어떤 상황이든 즐기고 나를 사랑해야 한다. 그러면 필연적으로 사랑받을 것이다. 모든 걸 알려줄 수는 없지만 나를 사랑하는 방법을 이 책의 곳곳에 담았으니 나만의 방법을 발견하길 바란다.

당신의 꿈은 높은 산의 정상에 오르듯 힘이 들 것이다. 정상에 오르겠답시고 먼 곳만 바라보며 걸어가면 발밑에 있는 장애물을 보지 못해 몇 번이고 넘어질 것이다. 그러니 시선은 눈앞에 두고 꽃도 보고 장애물도 살펴보며 정상까지 오르길 바란다. 당신의 꿈이 이루어지길 진심으로 응원한다.

이 책을 끝까지 읽어주신 분들께 진심으로 고마움을 전한다. 나의 생각이 얼마나 전해졌는지 알 도리는 없지만, 분명 당신이 있는 곳에 닿았으리라 믿는다. 언젠가 이 이야기의 뒤를 이어 이야기할 수 있도록 나도 아이돌 타카다 켄타로서 매진할 것이다. 결코 혼자서는 오늘이라는 날을 맞이할 수 없었을 나에게, 내가 있을 장소를 준 셀 수 없을 만큼 소중한 팬과 관계자, 친구와 지인, 가족에게도 이 자리를 빌려 고마움을 전한다. 또 좋은 기회를 주신 담당 편집자를 비롯해 이 책을 위해 도움을 주신 MIDUMU의 히라마츠씨를 포함해 모든 스태프, 후루야 씨, 유짱에게도 진심으로 고마움을 전한다.

천 원뿐이라도 재밌는 인생

일본인이 한국에 와서 K-POP 아이돌이 된 이야기

2025년 4월 15일   초판 1쇄 발행

지은이	타카다 켄타
펴낸이	황재은
디자인	로테의 책
번역	강성욱
교정	한홍
일러스트	타카다 켄타

펴낸곳	비밀신서
등록	2017년 9월 15일 제2017-000249호
전화	02) 6014-7800
이메일	bimilsincer@gmail.com
트위터	@bimilsincer
인스타그램	@bimilsincer

값	16,000원
ISBN	979-11-974882-4-5 (03830)